Das Projekt Duplo – Der Beginn

Bruno Küpper ist 1955 in Brühl/Rheinland geboren.

Mit dem Buch „Das Projekt Duplo – Der Beginn" wagt er sich in den weiten Themenbereich der Science-Fiction.

Science-Fiction entwirft Konstellationen des Möglichen und beschreibt deren Auswirkungen. Dabei werden bekannte wissenschaftliche und technische Möglichkeiten mit Spekulationen angereichert.
(Quelle: Wikipedia)

In der Perry-Rhodan-Welt ist Duplo die Sammelbezeichnung für von einem Multiplikator geschaffene künstliche Lebewesen.
Mit 3D-Druckern kann man heute schon viele Gegenstände beliebig oft kopieren. Wahrscheinlich wird es nicht mehr lange dauern, bis der Mensch Materie auch auf Molekularebene verändern kann.
Dann ist es nur noch ein Schritt bis zum Leben aus der Maschine.

Personen und Handlung sind frei erfunden.
Die Lokalitäten nicht ganz.

Inzwischen wurde das 'Projekt Duplo' abgeschlossen.
Der zweite und dritte Teil der Geschichte sind:

Das Projekt Duplo - Duplo gegen Gomorrha   ISBN 9 783746 060057
Das Projekt Duplo - am Ende der Welt"   ISBN 9 783748 038075

Bruno Küpper

Das Projekt

Duplo

Der Beginn

Science-Fiction-Krimi

Bibliografische Information der Deutschen Nationalbibliothek:
Die Deutsche Nationalbibliothek verzeichnet diese Publikation in der
Deutschen Nationalbibliografie; detaillierte bibliografische Daten sind im
Internet über http://dnb.d-nb.de abrufbar.
Titelbild: © Kredit Deutschland RepRap.

2. Auflage 2019

© 2019 Bruno Küpper
Herstellung und Verlag
BoD – Books on Demand, Norderstedt

ISBN: 978-3-74314-392-0

Alfredo war gut gelaunt. Der neue Job in einer Softwarefirma schien ihm vielversprechend. Nach dem Studienabschluss wäre ihm zwar eine Stelle im Norden lieber gewesen, aber dort hatte er so schnell nichts gefunden. Jetzt war er in der Nähe von Ancona fündig geworden.

Man hatte ihm gesagt, der Weg sei etwas kompliziert. Er solle die Ausfahrt Senigallia nehmen und von dort aus die SP360 in Richtung Südwesten fahren. Dafür müsste er zuerst rechts in einen großen, ovalen Kreisverkehr fahren, diesen fast umrunden und dann weiter in Richtung Südwesten fahren. Nach wenigen Metern käme wieder ein groß angelegter Kreisverkehr, diesmal rund. Den müsse er komplett umrunden, um auf die andere Straßenseite zu kommen. Da käme dann die Zufahrt zu einer Baumaschinenfirma, und direkt dahinter rechts zwischen den Häusern hindurch war die Zufahrt zu ihrem Gelände.
Alfredo hielt sich genau an die Empfehlungen und war froh, dass man ihm den Weg so detailliert beschrieben hatte. Das war wirklich nicht so einfach zu finden gewesen! Er parkte seinen Wagen auf dem Firmenparkplatz und ging durch die Drehtür ins Foyer. Dort nahm ihn eine nette junge Dame in Empfang.
„Sie sind sicher Herr Arrivato", sagte sie.
„Ja. Sie haben mich sicher schon etwas früher erwartet, aber ich hatte bei Rimini einen kleinen Stau."
„Macht nichts, Sie sind ja immer noch früh genug da", erwiderte sie.
„Unser Chef, Herr Buonista, ist noch nicht da. Ich rufe Herrn Lieto, der wird Ihnen kurz unser Haus zeigen und die Kollegen vorstellen", sagte sie und verschwand in einem Flur.

Kurz darauf kam sie mit einem vielleicht 30-jährigen Mann zurück.

„Antonio, das ist der neue Mitarbeiter, Herr Arrivato", sagte sie.
„Herzlich willkommen bei uns", sagte der. „Wie war die Fahrt?"
„Eigentlich ganz gut", sagte Alfredo. „Nur bei Rimini gab es einen kleinen Stau. Da hatte ein LKW wohl einen Reifenplatzer und war schräg auf den beiden rechten Spuren stehen geblieben."
„Das kommt halt immer wieder mal vor", sagte Lieto. „Viel zu zeigen habe ich Ihnen nicht. Wir haben oben insgesamt drei Räume für unsere Programmierer, hier unten ein Büro für den Chef und die Sekretärin und einen Aufenthaltsraum, wo man sich einen Kaffee nehmen kann, wenn man mal eine Pause außerhalb des Büros machen will. Bei schönem Wetter sitzen wir in unseren Pausen aber meistens draußen vor der Tür. Und dann haben wir natürlich noch ein WC, das ist hier unten gleich rechts. Der Chef kommt gleich; ich mache Sie dann später mit ihm bekannt. Ach ja: Wir sind hier eigentlich alle per Du. Auch mit dem Chef, aber da sollten Sie warten, bis Sie sich kennen gelernt haben, und er es Ihnen anbietet. Aber das mit dem Du sind Sie ja sicher von der Uni gewöhnt!"
„Klar", sagte Alfredo. „Ich heiße Alfredo."
„Und ich bin Antonio."
„Die nette junge Frau hier ist übrigens Silvia", sagte Antonio und blickte zu ihr rüber.
„Sagst du Carlo, dass wir gleich wieder da sind, wenn er inzwischen kommt?"
„Klar, mach' ich."

Als sie durch das Treppenhaus nach oben gingen, bemerkte Alfredo, dass man auf der Ostseite in Richtung der Adria sehen konnte, während im Westen auf der anderen Straßenseite ein Gebäude stand, das ihm schon bei der Ankunft aufgefallen war, weil es keine Fenster zu haben schien. Er dachte: ‚Was das ist wird mir Antonio sicher noch erzählen.'
Während sie in der oberen Etage durch den Flur gingen, kamen sie an den Büros vorbei, wo Antonio ihn den Kollegen vorstellte. Das letzte der drei Büros war das von Antonio und seiner Arbeitsgruppe. Weil es hier keinen Flur mehr gab, war der

Raum breiter und man konnte auf beiden Seiten nach draußen sehen.

„Dein Schreibtisch ist der auf der linken Seite", sagte Antonio. Alfredo ging hin, setzte sich auf den Schreibtischstuhl und schaute sich um. Es gefiel ihm; er sah zwar hauptsächlich das seltsame Gebäude gegenüber, aber an der rechten Seite konnte er bis zum Meer sehen.

„Was ist das für ein Haus?", fragte er. „Es sieht komisch aus, so ganz ohne Fenster!"

„Ja", sagte Antonio, „das ist schon was Besonderes. Wir haben uns auch lange gefragt, was es mit dem Haus auf sich hat. Dann hat uns der Chef gesagt, dass dort eine Firma ansässig ist, die eine neue Art von 3D-Druckern entwickelt. Wenn einer hier bei uns vom 'Bunker' spricht, weißt du jetzt, was er damit meint."

„Sieht ja auch fast aus wie ein Bunker", sagte Alfredo.

„Das Gebäude wurde extra so gebaut", erklärte ihm Antonio. „Sie haben wohl riesige Angst vor Spionage. Einer unserer Leute kennt einen der Bauarbeiter, die das Haus gebaut haben. Der sagte, die Wände sind aus meterdickem Beton, der auch noch hoch feuerfest ist. Sie sollen angeblich über 1.500° aushalten!"

„Dann ist das ja fester als Gold!", sagte Alfredo.

„Ich glaube ja", sagte Antonio. „Der Eingang auf der Straßenseite führt im Zickzack zu einem Innenhof, von wo aus man dann in die Büros und in die Labore kommt. Über dem Innenhof haben sie eine Kuppel, die so gearbeitet ist, dass keine Funksignale durchkommen.

Ein Arbeiter von der Telefonica sagte, dass sie extra eine Antenne auf dem Dach montiert haben, über die sie Mobilfunk empfangen. Der wird dann im Haus über einen Server weiter verbreitet. Also auch ziemlich spionagesicher."

„Wenn man weiß, mit welchen Tricks etwa die Chinesen arbeiten, und dass sie so ziemlich alles kopieren, was ihnen in die Quere kommt, und womit man Geld machen kann, dann kann ich die Vorsicht der Leute schon verstehen", sagte Alfredo.

Gerade fuhr ein schicker Sportwagen an dem Bunker vor, und ein Mann flitzte hinein.

„Der hat wohl verschlafen", meinte Alfredo grinsend. „Ein außer-gewöhnlicher Schlitten!"

„Ja", sagte Antonio, „der Typ ist, soviel ich weiß, Single und hat viel Geld; da kann man sich so etwas wohl leisten."

„Aber die Lackierung!", sagte Alfredo. „Der Wagen sieht ja aus wie ein Zebra!"

„Das ist wohl einer seiner Marotten. Am liebsten Zebra. Anfangs kam er auch oft in einer Kombination im Zebralook. Da ist er entweder von seinen Kollegen ausgelacht worden, oder sein Chef hat ihm gesagt, dass das nicht geht. Seitdem trägt er meistens einfarbige Jeans, die sind aber im Sommer immer weiß und im Winter schwarz!"

„Verrückt!", sagte Alfredo. „Und in der Übergangszeit trägt er wahrscheinlich grau."

Antonio lachte.

„Das nicht; er kennt anscheinend nur Sommer oder Winter. Der Junge ist aber nicht der Einzige in dem Laden, der einen Hau weg hat, wie wir hier sagen."

Sie wollten gerade wieder in den Flur gehen, als ein extrem helles Licht durch die Kuppel des Bunkers in den Himmel schoss.

„Was war das denn?", fragte Alfredo.

Als sie wieder ans Fenster gingen, sahen sie, dass aus dem Innenhof des Hauses eine dünne Staub- und Rauchwolke aufstieg.

„Was ist denn mit dem Dach passiert?", fragte Antonio.

Jetzt sah auch Alfredo, dass sich an dem Gebäude etwas geändert hatte.

„Weg!", antwortete er.

Als er auf den Eingang des Bunkers schaute, sah er, dass auch aus dem Eingang Staub und Rauch nach außen drang. Da, wo neben der Eingangstür das Gerät mit dem Sensor für die elektronischen Schlüssel gewesen war, lief eine Mischung aus flüssigem Metall und Plastik die Wand hinunter.

Auch ihre Kollegen hatten das grelle Licht gesehen und waren auf die Straße gelaufen, um zu sehen, was passiert war. Zum

Bunker hin wurde es immer wärmer. Näher als fünf Meter traute sich niemand heran.

Trocken sagte Antonio:

„Ich glaube, da werden so schnell keine Drucker mehr gebaut."

Inzwischen hatte jemand die Carabinieri und die Feuerwehr alarmiert, die man aus der Ferne kommen hörte.

Als die Feuerwehr angekommen war, zogen sich zwei Männer Schutz-anzüge an und gingen vorsichtig in das Haus.

Die Carabinieri parkten ihnen Wagen neben der Feuerwehr und stiegen ebenfalls aus.

„Ist das heiß hier", sagte der eine, der ziemlich dick war. „Ich glaube, wir warten mal ab, bis die Feuerwehr wieder rauskommt."

Sein Kollege nickte zustimmend.

Das Telefon bei dem Dicken klingelte.

„Ciccione", sagte er. Er hörte kurz zu, als ihm Anweisungen gegeben wurden und legte dann wieder auf.

„Caporione", sagte er zu dem anderen. „Wir sollen hier bleiben und dafür sorgen, dass keiner da reingeht, bis die Kollegen von der Stato kommen."

Mit der 'Stato' war die Polizia di Stato gemeint, die zivile Staatspolizei. Ihre Aufgaben waren die 'großen Sachen'. Ciccione und sein Kollege Scarno von den Carabinieri durften sich um allgemeine polizeiliche Angelegenheiten kümmern.

Es dauerte ein paar Minuten, dann kamen die Feuerwehrleute wieder heraus.

Der Mann, der zuerst kam, zog seinen Schutzhelm aus. Er sah arg verstört aus, regelrecht geschockt, was bei einem Feuerwehrmann schon etwas bedeutet.

Dann kam auch der zweite Mann und zog seinen Helm vom Kopf. Er sah aus, als wäre er dem Teufel höchstpersönlich begegnet.

Es dauerte noch ein wenig, dann hatten sich die beiden einigermaßen gefasst.

„Da ist nichts mehr, nichts! Nur noch ein Haufen Schutt und Staub", sagte er erste, der herausgekommen war.

Er holte tief Luft.

„Also, als ich da rein gegangen bin, musste ich zuerst meine Taschenlampe anmachen. Der Weg nach innen ist verwinkelt, wie in einem Labyrinth, und nach der zweiten Biegung sieht man fast nichts mehr. Als ich dann in den Innenhof kam, war da nur noch eine Staubschicht auf dem Boden mit so dunklen Flüssigkeitsblasen, die blubberten. Ich denke, das waren die Reste vom Dach. Nach oben war alles völlig offen."

Er holte noch mal Luft und schaute den Kollegen an, vielleicht in der Hoffnung, dass der den Rest erzählen würde.

Der aber schaute immer noch ins Leere und brachte keinen Ton heraus.

Also berichtete der erste weiter:

„Als ich mich umsah, sah ich nur noch die Mauern. Die Fenster zum Innenhof waren weg, keine Türen mehr, nichts. Ich habe mal die Hand auf eine der Wände gelegt. Die war so heiß, dass ich die Hitze noch durch den Schutzhandschuh spürte. Der Kollege ist dann rund gegangen, um zu sehen, ob irgendwo noch etwas zu retten ist."

Er schaute den Kollegen auffordernd an. Der erzählte dann, was er gesehen hatte.

„Ich habe mich zuerst unten umgeschaut. Dann wollte ich nach oben gehen, aber die Treppe war weg! Alles, was nicht aus Beton war – weg! Als wenn man in einen Rohbau kommt."

Er verschnaufte kurz, dann redete er wieder:

„Wisst ihr, wenn man irgendwo reinkommt, wo es eine Explosion gegeben hat, oder einen schweren Brand, dann gibt's immer Stellen, wo irgendwas noch brennt oder glimmt. Oder man sieht wenigstens noch ein paar verkohlte Knochen! Da, wo die Toiletten gewesen sein müssen, lagen ein paar Keramikstücke herum. Aber sonst habe ich nichts außer Staub gesehen."

Später saßen die Kollegen im Aufenthaltsraum der Firma.

Die Feuerwehr war abgezogen, weil sie nichts mehr tun konnte; die beiden Carabinieri hatten sich vor den Eingang gestellt und warteten auf ihre Kollegen von der Stato.

Inzwischen war auch Buonista, der Chef gekommen. Er konnte verstehen, dass seine Leute fürs erste nicht ans Arbeiten denken konnten. Die Leute im Nebenhaus waren einfach von jetzt auf gleich nicht mehr da!
Den meisten fiel erst jetzt auf, dass man längere Zeit Nachbarn gehabt hatte, von denen man eigentlich nichts oder fast nichts wusste. Was das für Leute waren, was sie genau gemacht hatten, selbst wie viele Leute in dem Bunker gearbeitet hatten... Und jetzt waren wohl alle tot!

Buonista fing an zu erzählen, was er von den Nachbarn wusste, um seine Leute etwas von dem schrecklichen Ereignis abzulenken:
„Also", fing er an, „das Haus, das wir 'Bunker' nennen, war schon außergewöhnlich. Ich durfte mal rein, als es noch ganz neu war. Der Architekt hatte anscheinend den Auftrag, dass nichts von dem, was da drin vor sich geht, nach draußen dringt und dass das Haus super stabil ist. Darum die dicken Wänden, der Zickzackeingang und das Dach. Die Wände hatten sie aus Feuerbeton gemacht; der hält je nach Bauart ein paar tausend Grad aus."
Alfredo schaute zu Antonio rüber. Das war bisher alles so, wie er es ihm gesagt hatte.
„Sonst hat er anscheinend alles so machen dürfen, wie er wollte. Ich denke, er hatte einen 'grünen Daumen', oder er wollte, dass sich die Leute nicht wie in einem Gefängnis oder halt 'Bunker' fühlen. Außer den Außenwänden gab es keine Mauern oder etwas aus Stahl. Die einzigen Räume, wo nicht alles aus Holz war, waren die Toiletten.
Das Dach bestand aus einem Metallrahmen und Glas. Im Glas war ein Gitter, so ähnlich wie die Scheibenheizung beim Auto. Das sah man zwar nicht, aber dadurch konnten keine Funkwellen rein oder raus."

Die Leute hörten ihm fast andächtig zu. Sie waren wohl froh, dass er sie vom Nachdenken abhielt.

„Die Zwischenwände innen waren auch aus Holz gebaut; es gab Pflanzen in den Büros, und die Räume hatten zum Innenhof hin große Fenster. Wenn man sie aufmachte, strömte ein leichter Luftzug durch, als würde man bei einem ganz normalen Haus die Fenster aufmachen. Das Haus war mit einer speziellen Klimatechnik ausgestattet, so dass man wirklich meinen konnte, dass man an der frischen Luft ist, wenn man die Fenster aufmachte.“

„Die hätten sich da sonst doch wirklich wie in einem Gefängnis oder eben einem Bunker fühlen müssen“, warf Silvia ein.

Nach einer kurzen Pause fuhr Buonista fort:

„Die Leute waren hoch qualifizierte Ingenieure und Programmierer, das Feinste vom Feinsten, sag' ich euch. Allerdings glaube ich, dass sie fast alle irgendwie ein bisschen gagga waren. Ihr habt ja sicher mitbekommen, was der eine, der fast immer zu spät kam, für einen Wagen fuhr.“

Alfredo nickte zustimmend und schaute auf den Parkplatz vor dem Bunker; die Autos schienen unversehrt. Auch der im Zebralook lackierte Sportwagen stand da, als wäre nichts passiert.

Der Chef hatte anscheinend alles gesagt. Jetzt fingen die Kollegen an, zu erzählen, was sie über die Leute aus dem Bunker wussten.

Silvia Dattilografa, die junge Frau, die Alfredo empfangen hatte, kannte die einzige Frau, die im Bunker gearbeitet hatte, flüchtig.

„Ich habe die Frau, ich meine, sie hieß Barbara, mal in Senigallia in einem Modegeschäft gesehen. Sie sah eigentlich ganz nett aus, war aber etwas zurückhaltend. Oder, distanziert wäre glaube ich ein passender Ausdruck.“

„Ich glaube, dass die gar nicht an neuen Druckern gearbeitet haben“, meinte Gustavo Volpone, einer der Programmierer.

„Wie kommst du darauf?", fragte Antonio.

„Ich war abends einmal sehr lange da, weil ich unbedingt noch einen Programmteil fertig machen wollte. Da habe gesehen, dass mehrere Autos kamen. Die hatten Kennzeichen wie bei Diplomaten oder Regierungsleuten. Und auch zwei Wagen mit Securityleuten waren dabei. Vielleicht haben sie ja an irgendeinem geheimen Militärprojekt oder so etwas gearbeitet."

„Das würde auch erklären, warum der Bau so gut abgeschirmt war. Von wegen Spionage! Da ist sicher was gelaufen, das keiner wissen durfte", pflichtete ihm Antonio bei.

Einige Minuten herrschte Stille.

Dann sagte der Chef leise etwas zu Silvia; sie nickte. Dann sprach er in die Runde:

„Wisst ihr was? Wir sollten jetzt alle nach Hause gehen oder ins Kino, shoppen oder so etwas. Auf jeden Fall irgendwas, das euch von dem, was hier heute passiert ist, ablenkt, damit ihr morgen wieder einen freien Kopf habt und eure Projekte fortsetzen könnt. Silvia hält hier Stellung, falls die Polizei irgendwelche Auskünfte von uns haben will."

Alle waren dankbar für das Angebot, holten ihre Sachen aus den Büros und machten sich auf den Weg.

Buonista nahm Alfredo noch kurz zur Seite.

„Das war heute sicher nicht so, wie man sich den ersten Arbeitstag vorstellt. Ich hoffe, Sie sind nicht so geschockt, dass Sie morgen nicht wiederkommen."

„Keine Sorge", sagte Alfredo, „so zart besaitet bin ich nicht. Ich habe mir übrigens für die ersten Tage ein Appartement oben in Scapezzano bei dem großen Hotel genommen, bis ich hier eine Wohnung finde. Da werde ich sicher etwas essen können und Leute treffen, mit denen ich einen Wein trinken und etwas Belangloses reden kann. Das wird schon gehen!"

„Da oben sind Sie gut untergekommen", sagte der Chef. „Aber ist das nicht ein bisschen zu teuer für einen Berufsanfänger?"

„Ach, wissen Sie", sagte Alfredo, „jetzt ist Nebensaison, da geben sie die Apartments relativ günstig ab. Das ist wahrscheinlich besser, als wenn sie leer stehen."
„Das klingt logisch", sagte der Chef. „Also dann bis morgen!"
„Ja, bis morgen", sagte Alfredo und machte sich auf den Weg.

2

Am Abend zuvor

Danielo drehte sich auf von einer Seite auf die andere. Aber er konnte einfach nicht einschlafen. Ein Blick auf seinen Radiowecker verriet ihm, dass es ein Uhr war. Ihm ging allerhand durch den Kopf, wie das manchmal so ist. Man will eigentlich schlafen, aber der Kopf wird und wird nicht leer. Man dreht sich von einer Seite auf die andere und wieder auf die eine, aber die Gedanken lassen einen einfach nicht los.
Vielleicht war es die Anspannung vor dem 'großen Tag', zu dem der Chef den morgigen Tag hochstilisiert hatte. Die Maschine sollte das erste Mal einen echten Produktionsablauf absolvieren.

Gerade ging Danielo wieder einmal seine eigene Geschichte durch den Kopf.
Danielo war als Adoptivsohn bei einem wohlhabenden Ehepaar aufgewachsen. Das hatte lange versucht, eigene Kinder zu zeugen, aber es hatte nie geklappt. Letztendlich hatten sie sich entschieden, einem Waisenkind ein schönes Leben zu ermöglichen.
Als eines Tages ein schon etwas älteres Paar ins Waisenhaus kam, führte man es auf den Spielplatz, wo die Heimkinder den schönen Frühlingstag genossen. Danielo war sieben Jahre alt und ging in die erste Klasse. Er hatte mitbekommen, dass immer wieder Kinder verschwanden, wenn Paare das Waisenhaus besuchten. Man erzählte den Heimkindern dann, dass sie bei diesen Leuten ein neues gutes Zuhause gefunden hatten. Danielo konnte das zwar nicht ganz glauben, aber er machte trotzdem ein freundliches Gesicht, als die Frau ihn ansah.
„Wie heißt du, Kleiner?", fragte sie ihn.
„Danielo", antwortete er brav.
„Gehst du schon in die Schule?"
„Ja, seit dem Sommer", antwortete er.

„Und, macht es dir Spaß?"

„Ja klar!", sagte Danielo. „Ich spiele zwar am liebsten mit den anderen Fußball, aber ich will viel lernen. Ich will nämlich Physiker werden!"

Danielo hatte das Wort gehört, als der Lehrer ihnen erzählte, dass viele berühmte Wissenschaftler, darunter Astronomen, Chemiker, Mathematiker und halt auch Physiker, aus einfachen Verhältnissen stammten, aber es durch Fleiß in der Schule ganz weit gebracht hatten. Maler oder Schriftsteller, also diejenigen, die der Lehrer in einem abfälligen Tonfall 'Die Künstler' nannte, waren meistens schlechte Schüler gewesen. Sie hatten oft von der Hand in den Mund gelebt, außer wenn sie einen reichen Sponsor gefunden hatten. Ob das stimmte, wusste Danielo natürlich nicht, aber es blieb ihm nichts anderes übrig, als dem Lehrer zu glauben.

„Das ist ja interessant", antwortete die Frau und sah ihren Mann an.

Dieser hatte bisher nichts gesagt, aber als das Wort Physiker fiel, wurde er aufmerksam.

„Das ist wirklich interessant", sagte er. „Ich bin auch Physiker. Man muss zwar sehr fleißig sein und ganz viel lernen, und man muss auch eine gute Vorstellungskraft haben. Aber es ist einer der schönsten Berufe, die ich kenne."

Danielo hatte das Paar von sich überzeugt, und sie hatten sich entschieden.

Schon am nächsten Tag waren sie mit einem schönen großen Auto gekommen. Ein Anwalt, den sie mitgebracht hatten, regelte die Formalitäten, und dann packten sie Danielos Habseligkeiten ein. Sie hatten sogar einen wunderschönen Kindersitz gekauft. Danielo nahm in freudiger Erwartung Platz, und sie fuhren los.

Danielo drehte sich wieder auf die andere Seite.

Die nächsten Jahre waren eigentlich unspektakulär verlaufen. Danielo hatte problemlos die Schule gemeistert, dann in Urbino Physik studiert und das Examen mit Auszeichnung bestanden.

Sein Stiefvater war sehr stolz auf ihn gewesen. Kurz darauf hatte er für Danielo ein Vorstellungsgespräch organisiert.

Danielo war zwar ein wenig gekränkt darüber, dass sein Stiefvater sich eingemischt hatte, weil er überzeugt war, so gut zu sein, dass er es auch alleine schaffen würde. Aber er war auf das Angebot eingegangen.

Es ging um eine Stelle in einem Forschungslabor. Das Projekt, an dem hier gearbeitet wurde, war ein Regierungsprojekt, das in der höchsten Geheimhaltungsstufe eingeordnet war. Dementsprechend lag die Einrichtung etwas außerhalb, in einem Gewerbegebiet bei Senigallia. Nachdem Danielo einige schwierige Tests bestanden hatte, durfte er dort anfangen.

Offiziell wurde im Labor an einer neuen Technik für 3-D-Drucker gearbeitet, aber Danielo wurde schnell klar, dass hier an einer neuen, revolutionären Technik gearbeitet wurde.

Gegenstände kopieren; das konnte man mit den üblichen 3D-Druckern schon gut. Hier aber sollten die Ausgangsmaterialien so verändert werden, dass sich die Molekülstruktur an sich veränderte, also andere Materialien entstanden. Als Beispiel hatte ihm der Laborleiter genannt, dass man aus einfachem Quarzsand Kohlenstoff herstellen konnte.

Mit leuchtenden Augen hatte er davon geschwärmt, dass man vielleicht in einigen Jahren so weit wäre, seltene Minerale oder sogar Gold künstlich herstellen zu können.

Das hätte natürlich einen immensen Einfluss auf den weltweiten Rohstoffhandel und war der Grund, warum die Regierung das Projekt als so wichtig und geheim eingestuft hatte. Gerade die sogenannten seltenen Erden, die nur in wenigen oder gar einzelnen Ländern zu finden waren, wurden bekanntlich langsam immer knapper und würden dadurch in absehbarer Zeit fast unbezahlbar werden.

Man hatte das Labor in dem Gewerbegebiet bei Senigallia angesiedelt und für eine sehr gute Sicherung nach außen gesorgt. Die sichtbaren Sicherheitsvorkehrungen waren enorm, wobei Danielo nicht wusste, ob das, was er bisher gesehen hatte, schon alles war, oder ob es nicht noch geheime

Schutzmechanismen gab, von denen nur der Leiter etwas wusste.

Nach vier Jahren Entwicklungsarbeit waren sie jetzt so weit, dass der erste Produktionslauf der neuartigen Maschine bevorstand.

Danielo drehte sich wieder. Wenn er doch endlich wieder einschlafen könnte!

Barbara.

Barbara war die einzige Frau im Labor. Danielo fand sie ganz nett, und nachdem er erfahren hatte, dass sie noch Single war, hatte er versucht, mit ihr anzubändeln.
Er hatte sie ins Kino eingeladen.
Im Kinocenter, das nicht weit entfernt im Gewebegebiet auf der anderen Seite der Autobahn lag, hatten sie sich zusammen einen Film angeschaut. Anschließend hatte er sie überredet, mit ihm noch etwas trinken zu gehen.
Weil es Freitagabend war, und sie nicht auf die Uhr zu schauen brauchten, tranken sie ein paar Gläser Wein zu viel. Das war eigentlich weder Danielos noch Barbaras Art, aber sie hatten die Stelle verpasst, wo sie hätten aufhören müssen.
Es war schon lange nach Mitternacht, als sie sich ein Taxi genommen hatten und zu Hause bei Danielo gelandet waren. Danielo hatte noch eine sündhaft teure Flasche Wein aufgemacht. An mehr konnte er sich nicht erinnern.
Als er in der Nacht auf Toilette musste, stellte er fest, dass sie beide nackt waren. Er hatte sich an sie gekuschelt und war dann erst wieder am Morgen aufgewacht.
Er hatte im siebten Himmel geschwebt und schnell ein paar tolle Ringe besorgt. Platin musste es sein; schließlich sollte die Beziehung ewig halten, und Platin war das haltbarste Edelmetall, das er kannte.

Danielo seufzte.

Wenn er jetzt nicht bald einschlafen würde, müsste er wahrscheinlich die ganze Nacht ohne Schlaf auskommen. Und das ausgerechnet heute!

Er schaltete die Nachttischlampe an; inzwischen war es fast zwei Uhr. Er stand auf, ging noch einmal ins Bad, nahm aus dem Arzneischrank eine Schachtel mit Schlaftabletten und ging zurück ins Schlafzimmer. Zwei Pillen sollten reichen, um schnell weg zu sein, dachte er. Nachdem er sie runter geschluckt hatte, prüfte er noch einmal die eingestellte Weckzeit und schaltete die Lampe aus. Es dauerte nicht lange, bis er tief und fest schlief.

3

Ricardo hatte das Anwesen schon seit längerem im Visier. Wenn es irgendwo etwas zu holen gab, spürte er das. Hier war er sich sicher, dass es sich lohnen würde. Er musste nur auf die richtige Gelegenheit warten.
Sein Tag würde kommen.

Ricardo wohnte in einem Häuschen an der Via dei Cappuccini.
Gerade blieb dort ein älteres Paar stehen, das von der Bushaltestelle kam und auf dem Weg zum Hotel am Ende der Straße war. Kurz vor seinem Haus blieben sie stehen.
Ricardo konnte durch das offene Fenster hören, was der Mann sagte:
„Schau dir die Häuschen hier an. Die sind ja wirklich klein. Da ist wahrscheinlich unser Hotelzimmer größer als ein ganzes Haus hier! Wie viel Räume mögen die haben?"
„Höchsten drei, denke ich. Wenn du Kinder hast, müssen die wahrscheinlich alle in einem kleinen Zimmer zusammen schlafen."
„Ich kann mich an meine Kindheit erinnern", sagte er. „Da war das bei uns ähnlich. Damals waren wir doch alle glücklich, überhaupt ein Dach überm Kopf zu haben."
„Immerhin scheinen die Leute Geld für ein Auto zu haben", sagte sie und zeigte auf Ricardos alten Fiat.
„Auto nennst du das?", fragte er sie. „Wir haben früher immer gesagt ‚FIAT heißt Fehler in allen Teilen'. Heute sind die vielleicht besser, aber diese alten Rostlauben wie die hier – das ist doch lackierter Schrott!"
Ricardo war froh, dass ihn die Leute hinter der Gardine anscheinend nicht sehen konnten.
„Wenn man das so sieht", sagte der Mann jetzt. „Große Luxushäuser auf der einen Straßenseite und gegenüber so

Buden, wo man sich fragt, ob man da überhaupt wohnen kann. Wie unten an der Hauptstraße!"

Seine Frau sagte nichts.

„Denk mal an diese eine Villa, an der wir gestern vorbei gekommen sind. Der Garten sah aus wie ein Park, mit Palmen, einem Swimmingpool..."

Ricardo konnte sich vorstellen, dass die beiden das Haus meinten, an das er eben noch gedacht hatte. Sie waren sicher die Strada dei Cappuccini hinuntergegangen, dann ein Stückchen die Strada di Scalzadonne hoch bis zur Zufahrt zu der Villa und hatten durch das Tor oder über die Mauer geguckt.

„Hast du gesehen - die hatten neben dem Tor sogar ein Häuschen für den Torwächter, oder wie man das nennen soll."

„Die Rolllade war da aber unten."

‚Geht endlich weiter', dachte Ricardo.

„Da hat sicher einmal ein reicher Mann gelebt", sagte der Mann jetzt.

„Oder eine reiche Frau", kam von ihr.

Ricardo meinte sich zu erinnern, dass ihm sein Vater erzählt hatte, dass Senigallia schon Mitte des 19. Jahrhunderts ein beliebtes Ziel für Sommertouristen gewesen war und ein paar Leute mit ihren Hotels schnell zu Reichtum gekommen waren.

Endlich gingen die Leute weiter.

Gestern war Ricardo den gleichen Weg wie das Touristenpaar die Straße hinaufgekommen. Als er noch ein Stück von der Zufahrt zu der Villa entfernt war, kam ein Auto vorbei und hielt vor dem Tor an.

Er hatte sich schon einen guten Überblick über das Grundstück verschafft. Es gab an mehreren Stellen Überwachungskameras, wobei Ricardo meinte, manche davon als Attrappe entlarvt zu haben. Die an den wichtigsten Stellen schienen aber echt zu sein.

Normalerweise bedienten sie das Tor per Fernbedienung aus dem Auto heraus, aber das Tor war zu geblieben. Ricardo hatte sich unauffällig verhalten. Rein zufällig hatte er gemerkt, dass sich seine Schnürsenkel gelockert hatten, und er hatte sich gebückt, um sie neu festzuziehen. Dabei hatte er gesehen, dass die Frau zu einer Nische an der Mauer ging, die das Grundstück umschloss, und eine Hand zwischen das Gitter steckte, das die kleine Marienstatue in der Nische vor Dieben schützen sollte.

Ricardo hatte sich wieder hingestellt und zum Meer hin gedreht, als gäbe es dort etwas Besonderes zu sehen. Er konnte hören, dass sich das Tor öffnete, und als er sich dann wieder zur Straße drehte, um seinen Heimweg fortzusetzen, war die Frau mit ihrem Auto auf den Hof gefahren, und das Tor hatte sich wieder geschlossen.

‚So geht das!‘, hatte Ricardo erfreut gedacht. Sein Tag war wohl bald gekommen.

Als es am Abend dunkel geworden war, machte sich Ricardo auf den Weg. Auf dem Feld in Richtung Süden, hinter dem die Villa lag, hatte man Setzlinge gepflanzt.

‚Sicher Olivenbäume‘, dachte Ricardo.

Es ging zuerst leicht bergab; hinter dem Feld wurde der Hang steiler. Dort hatte man vor langer Zeit ein paar Bäume und Büsche gepflanzt, die den Hang inzwischen vollständig bedeckten.

‚Perfekt‘, dachte er, als er sich durch das Gestrüpp gekämpft hatte, bis zu der Stelle, wo die Begrenzungsmauern des Villengrundstücks direkt an dem Hang standen.

Er konnte auf die Villa hinüberschauen, ohne befürchten zu müssen, selbst gesehen zu werden. Von der Straße aus war es schwierig, über die Mauern zu gucken, und vom Tor aus konnte man auch nicht viel sehen. Von der Straße aus hatte er zwar erahnen können, dass es hier einen Pool gab; aber wie luxuriös die Anlage wirklich war, konnte man erst von hier aus sehen.

In der Gartenanlage war es nicht dunkel, weil an mehreren Stellen helle Laternen aufgestellt waren. Im hinteren Teil des Gartens, der von der Straße und auch durch die Zufahrt nicht einzusehen war, sah Ricardo noch etwas Besonderes:

Von der nach Süden ausgerichteten Terrasse führte eine Wasserrutschbahn über mindestens zwanzig Meter in einen weiteren, kleineren Pool.

‚Hier lässt es sich sicher angenehm leben', dachte sich Ricardo.

Seine Sicht war zwar ganz gut, aber weil er schräg von der Seite auf das Haus blickte, konnte er nicht weit in die Zimmer hinein sehen.

Der Hausherr war im oberen Stock und saß in einem Zimmer, das nur ein Arbeitszimmer sein konnte, an einem Schreibtisch. Der war so ausgerichtet, dass Ricardo nur die Rückseite des imposanten Schreibtischstuhls sah, aber weder den Hausherren, noch was er dort machte.

‚Schade', dachte Ricardo. Er hätte gerne einen Blick auf den Monitor geworfen, aber das war aus diesem Blickwinkel nicht möglich.

Jetzt bewegte sich etwas.

Ein Taxi war vorgefahren, und die Dame des Hauses kam mit einem Trolli im Schlepptau heraus. Ricardo konnte nicht sehen, ob der Hausherr mit an die Tür gekommen war, um seine Frau zu verabschieden.

Hauspersonal hatte Ricardo noch nie gesehen, nur fuhr ab und zu ein kleiner Wagen das Sträßchen hinunter zu der Villa. Den Wagen hatte er oben in Scapezzano öfter gesehen; er gehörte einer jungen Frau, von der er wusste, dass sie als Putzfrau arbeitete.

Jetzt war in einem anderen Raum das Licht angegangen. Also war der Hausherr noch zu Hause.

‚Ist egal', dachte Ricardo. ‚Ich habe Zeit!'

Als Ricardos Mutter damals schwanger wurde, musste das für seine Eltern schwierig gewesen sein. Schließlich war Ricardo zur Welt gekommen. Es hatte gerade für drei gereicht, aber Ricardo war immer ein armer Junge gewesen.

Seine Mutter war kurz vor seinem zweiten Geburtstag gestorben. Eine alte Frau, die seine Mutter gekannt hatte, war auf seinen Vater zugegangen und hatte ihm angeboten, sich um den Jungen zu kümmern, wenn er zur Arbeit ging. Später hatte er dann der alten Frau geholfen, als sie kaum noch das Haus verlassen konnte. Er hatte für sie die Einkäufe und die Pflege des Häuschens übernommen.

Überrascht war er, als die alte Frau starb, und er die Nachricht bekam, dass sie ihm das Häuschen vererbt hatte. Er war dann auch in das Häuschen gezogen. Sein Vater war in seinem kleinen Häuschen geblieben.

Nach der Schule hatte Ricardo eine Lehre zum Mechaniker gemacht und noch ein paar Jahre in der Firma gearbeitet.

In dieser Zeit war sein Vater an Krebs gestorben und Ricardo war jetzt allein auf sich gestellt.

Er hatte der Gemeinde sein Elternhaus als Schenkung angeboten, aber man hatte ihm gesagt, dass es in einem so schlechten Zustand sei, dass man es nur noch abreißen könnte. Nun stand es immer noch da; das Dach war inzwischen undicht, und es schien nur noch eine Frage der Zeit, bis es in sich zusammen fiel.

Als seine Firma dann dem Konkurrenzdruck nicht mehr standhalten konnte, musste zuerst Ricardo gehen, kurz darauf war für die Firma endgültig Schluss gewesen.

Sein Chef hatte ihm noch einen Abschied in Ricardos Lieblingskneipe gegönnt. Auf dem langen Heimweg war er dann an einem Haus vorbei gekommen, wo die Türe nur angelehnt war. Das Auto, das sonst immer vor der Tür stand, war nicht da, und so hatte Ricardo die Chance genutzt, war schnell hineingegangen und hatte ein paar Geldscheine erbeutet.

Am nächsten Tag, als er wieder nüchtern war, hatte er sich vor sich selber geschämt. Er dachte, dass er ohne den Alkohol sicher nie auf die Idee gekommen wäre, so etwas zu tun.

Im Haus bewegte sich wieder etwas. Der Hausherr hatte sein Arbeitszimmer verlassen. Ricardo konnte erkennen, dass im Bad Licht angegangen war. Kurz darauf ging es wieder aus, und der Mann kam zu seinen Schreibtisch zurück.

‚Egal', dachte Ricardo wieder, ‚ich habe Zeit.'

Weil er einige Zeit gearbeitet hatte, standen ihm Sozialleistungen zu, die aber nach ein paar Monaten gekürzt wurden, so dass er nur noch mühsam über die Runden kam. Jetzt stand der Winter vor der Tür, und Ricardo war sich sicher, dass er dringend Geld brauchte.

Ihm fiel wieder ein, wie leicht es anscheinend war, an das Geld anderer Leute zu kommen.

Nachdem er ein paar Nächte darüber nachgedacht hatte, und seine Lage nicht besser wurde, hatte er angefangen, nachts herum zu streunen, und in der Umgebung ein paar Stellen ausfindig gemacht, wo er Beute machen konnte.

Jetzt gingen die Lichter im Arbeitszimmer aus, und kurz darauf sah Ricardo, dass der Hausherr in sein Auto stieg. Das Eingangstor öffnete sich, und der Hausherr fuhr in seinem schicken Geländewagen davon. Inzwischen war es stockdunkel, und auch die Laternen auf dem Grundstück waren ausgegangen. Ricardo wartete vorsichtshalber noch einige Minuten, dann ging er los.

Er hatte keine große Lust, sich im Dunkeln durch die Böschung zu kämpfen. Stattdessen ging er über das Feld in Richtung Osten bis zur Straße und dann halb um das Grundstück herum bis zu der Mauernische mit der Madonna. Er schaltete kurz sein Handy an, um nach der Stelle Ausschau zu halten, wo der Mechanismus für das Tor versteckt war. Den hatte er schnell gefunden und das Tor geöffnet.

Inzwischen war der Hausherr schon über eine halbe Stunde weg. Ricardo rechnete zwar damit, dass er länger weg sein würde, aber er beeilte sich jetzt.

In das Haus zu kommen war erstaunlich leicht.

Er schaute sich vorsichtig um und horchte auf Geräusche. Nirgendwo war irgendetwas zu hören, nur aus dem Keller hörte er immer mal wieder ein Geräusch, das mit Sicherheit von der Heizung kam.

Kurz schaute er sich im Erdgeschoss um, fand aber nichts Wertvolles. Erfahrungsgemäß hatten die meisten Leute Wertsachen im Arbeits- oder Schlafzimmer.

Ricardo ging die Treppe hinauf nach oben und betrat vorsichtig das Arbeitszimmer. Er war überrascht, dass der Monitor eingeschaltet war; dadurch war das Zimmer nicht völlig dunkel.

Er sah sich um.

Vor dem Kamin standen ein pompöser Ohrensessel und Bücherregale an den Seitenwänden; sonst war der Raum ziemlich karg eingerichtet.

Ricardo bewegte sich ein wenig zur Seite.

Als er auf den Monitor sah, bekam er einen riesigen Schreck.

Auf dem Monitor waren die Bilder von den Überwachungskameras zu sehen, unter anderem von der Stelle, wo er sich eben unbeachtet gefühlt hatte, als er in das Haus eingedrungen war.

Ricardo griff in seine Jackentasche. Er hatte eine einfache Pistole, die er einmal bei einem Einbruch mitgenommen hatte; die nahm er vorsichtshalber auf seinen Beutezügen immer mit.

„Lassen Sie die Pistole lieber stecken", sagte eine helle, männliche Stimme, die von dem Ohrensessel aus zu kommen schien. „Sie sind schon im Visier!"

Der Mann, dessen Stimme er gehört hatte, wartete anscheinend Ricardos Reaktion ab, bevor er weiter sprach.

„Glauben Sie wirklich, dass Sie hier reinkommen können, ohne dass ich das merke?"

Ricardo bewegte sich keinen Millimeter.

„Schauen Sie mal nach oben über den Kamin."

Ricardo war völlig verunsichert. Er hatte erwartet, dass sich der Mann auf dem Stuhl bewegen und irgendwie verteidigen würde. Er blieb aber seelenruhig sitzen.

„Jetzt schauen Sie schon. Ich werde Ihnen erstmal nichts tun!"

Ricardo ließ die Hand an der Pistole in seiner Tasche und schaute mit einem halben Auge auf die Wand oberhalb des Kamins. Dort oben waren Jagdtrophäen angebracht und ein Jagdgewehr, das genau auf seine Brust zielte.

Ricardo schluckte.

„Gehen Sie mal einen halben Schritt nach links und halten Sie
das Gewehr im Auge."
Ricardo zögerte, dann machte er einen schnellen Schritt nach
links und behielt das Gewehr dabei immer halb im Auge,
während er versuchte, auch den Ohrensessel im Blick zu halten.
Das Gewehr hatte sich bewegt und war immer noch auf seinen
Oberkörper ausgerichtet.
„Haben Sie jetzt noch Lust, sich auf ein Gefecht einzulassen?"
„Nein", sagte Ricardo mit dünner Stimme.
„Dann nehmen Sie Ihre Hand aus der Tasche und machen keine
Dummheiten, wenn ich mich umdrehe!"
Ricardo gehorchte.
Der Stuhl drehte sich und Ricardo sah jetzt die Person, zu der
die helle Stimme gehörte.
Es war ein Asiat, vermutlich ein Chinese.
Er musterte Ricardo, lächelte und sagte:
„Ich habe Sie bei Ihren Erkundungstouren beobachtet. Und ich
war mir sicher, dass Sie mir in die Falle gehen."
Ricardo war immer noch sprachlos.

Schließlich fragte er: „Was hat das alles zu bedeuten?"
„Nun ja", antwortete der Asiat, „Sie haben sich einen denkbar
schlechten Ort ausgesucht, um sich zu bereichern. Setzen Sie
sich da hinten hin", sagte er und zeigte auf den
Schreibtischstuhl.
„Sie brauchen keine Angst zu haben – hier gibt es keine
Falltüren oder elektrische Stühle wie in einem James-Bond-
Film."
„Obwohl wir ziemlich nahe dran sind", ließ er mit einem
verschmitzten Lächeln folgen.
Ricardo fiel nicht zum ersten Mal auf, dass die Asiaten Meister
im Beherrschen der verschiedensten Gesichtsausdrücke und
Grimassen waren. Nur konnte man nie sicher sein, ob das jetzt
der echte oder ein vorgespielter Gesichtsausdruck war.
„Kommen wir zur Sache", sagte der Asiat. „Mein Name ist Ho;
zumindest werden Sie sich daran gewöhnen müssen, mich so zu

nennen, auch wenn ich in Wirklichkeit vielleicht anders heiße. Erzählen Sie doch mal etwas über sich."

Ricardo erzählte ihm in etwa das, was ihm, als er draußen gewartet hatte, durch den Kopf gegangen war.

„Ist das alles?" fragte Ho.

„Wie meinen Sie das?", fragte Ricardo.

„Nun ja", erwiderte Ho, „ich glaube, dass es in Ihrer Vergangenheit noch etwas gegeben hat, was Sie entweder nicht wissen, oder mir nicht sagen wollen. Und glauben Sie mir, ich habe Möglichkeiten, das aus Ihnen heraus zu holen."

Ricardo fühlte ein leichtes Unbehagen.

„Ich weiß nicht, was Sie meinen."

„Also, gehen wir noch mal zurück auf Ihre früheste Kindheit. Hatten Sie einen Bruder?"

Ricardo überlegte, aber er konnte sich nicht erinnern, dass es zu Hause jemals mehr Personen gegeben hatte als ihn, seine Mutter und den Vater.

Der Vater…

Ricardo überlegte.

„Nun?"

„Ich kann mich nur daran erinnern, dass da mein Vater war und meine Mutter. Meine Mutter ist ganz früh gestorben, so früh, dass ich mich kaum an sie erinnern kann, und mein Vater ist gestorben, als ich in der Lehre war. Aber einen Bruder hatte ich nicht."

„Hat Ihnen Ihr Vater vielleicht irgendwann noch etwas erzählt, das vielleicht in den hintersten Ecken Ihres Gehirns schlummert?"

Ricardo versuchte sich an die letzten Tage mit seinem Vater zu erinnern.

Der Krebs hatte ihn besiegt, er lag im Bett und schien nur noch auf den Tod zu warten.

War da noch etwas?

Langsam kamen die Erinnerungen wieder hoch.

Sein Vater hatte ihm mit kaum noch verständlicher Stimme etwas ins Ohr geflüstert, bevor er die Augen für immer geschlossen hatte:

„Mein Junge", hatte er geflüstert, „du sollst noch wissen … du bist nicht allein."
Ricardo hatte gedacht, dass er seine 'Oma' meinte, die alte Frau, die sich nach dem Tod seiner Mutter um ihn gekümmert hatte, und in deren Haus er jetzt wohnte.
Er hatte dann seine letzte Lira zusammengekratzt, um seinen Vater neben der Mutter beisetzen zu lassen.

„Und, ist Ihnen noch etwas eingefallen?"
Der Chinese hatte geduldig abgewartet, während Ricardo seinen Gedanken gefolgt war.
„Nun", sagte Ricardo, „mir fiel nur noch ein, dass mein Vater mir mit seinen letzten Worten Mut zusprechen wollte."
„Was hat er denn gesagt?"
„Du bist nicht allein."
„Da haben Sie sich nichts bei gedacht?"
„Nein. Ich denke, er meinte meine Oma."
„Ihre Oma?"
„Nicht meine richtige Oma. Die habe ich nie kennen gelernt. Er meinte wohl die alte Frau, die sich um mich gekümmert hat, als ich noch ganz klein war und meine Mutter gestorben war."
Ho lächelte freundlich.
„Ich glaube, er wollte Ihnen etwas ganz anderes damit sagen. Schauen Sie mal auf das Bild hier."
Er hatte das Bild eines jungen Mannes in der Hand.
„Soll ich das sein?", fragte Ricardo verblüfft.
„Nein - oder vielleicht doch!", sagte Ho. „Aber bevor wir hier weiter über Familiengeschichten reden. Ich hätte einen gut bezahlten Job für Sie. Allerdings keinen normalen Job."
Ricardo lächelte.
„So wie Sie hier leben, und wie Sie Ihr Haus gesichert haben, kann ich mir bei Ihnen auch keinen normalen Job vorstellen. Also, wen soll ich umbringen?"
„Würden Sie so was tun?"
„Nein", sagte Ricardo, „das war ein Scherz!"
„Na ja, ob mir in Ihrer Situation zum Scherzen wäre, weiß ich nicht."

„So war das auch nicht gemeint.“

Ho setzte jetzt eine ernstere Mine auf.

„Unsere Organisation arbeitet undercover, wenn Sie das verstehen. Geheim.“

„Für wen denn?“, fragte Ricardo.

„Das ist für Sie nicht von Belang. Also, es geht nicht darum, Leute umzubringen, aber wir haben einen Auftrag zu erfüllen, der von großer Bedeutung ist.“

Ricardo kam sich jetzt doch fast vor, als wäre er in einem Agentenfilm. Aber das hier war kein Film. Das war die Realität!

„Es gibt natürlich eine kleine Summe für Sie, wenn Sie mitmachen. Vielleicht sind Sie ja so gut, dass wir Sie auch später noch brauchen können.“

Ricardo zögerte.

„Machen Sie mit?“

Ricardo überlegte kurz, dachte nach, wie sein Leben im Moment war, welche Aussichten er hatte, und sagte dann:

„O.K., ich mache mit. Aber nur wenn Sie mir versprechen, dass ich keinen umbringen muss!“

„Abgemacht!“ sagte Ho.

4

Ho lehnte sich zurück und begann, Ricardo seine Aufgabe zu erklären.

„Wir haben von einem befreundeten Geheimdienst erfahren, dass man hier in der Nähe in einem Forschungslabor an einer technischen Sensation arbeitet. Offiziell arbeitet man dort an einer neuen Generation von 3-D-Druckern. Das Gebäude ist nahezu hermetisch von der Außenwelt abgeschirmt. Angeblich, weil man Angst vor chinesischen Wirtschaftsspionen hat, die, wie die Leute behaupten, alles, was machbar und lohnend ist, kopieren und damit Riesen-summen an Lizenzgebühren sparen. Wegen der geringeren Kosten machen sie dann die eigentlichen Erfinder wirtschaftlich platt und kaufen dann zu geringem Preis die Lizenzen."

„Das habe ich auch schon so gehört", sagte Ricardo. „Ich glaube aber eher, dass wir hier in Europa mit unseren ganzen Regulierungen und starken Gewerkschaften uns selbst platt machen."

Das hörte sein Gegenüber sicher gerne.

„Sie brauchen mir nicht schmeicheln", sagte Ho. „Die Wahrheit ist in diesem Fall eine ganz andere. Die Wissenschaftler sollen in diesem Labor so weit gekommen sein, dass sie bald Molekülstrukturen ändern können. Das heißt, dass sie einfache, billige Rohstoffe in teure Rohstoffe umwandeln können."

Ricardo hatte von Physik und Chemie wenig Ahnung, aber er hatte bei einem Arztbesuch in einer Zeitschrift schon einmal von den 'seltenen Erden' gelesen. Diese fand man nur in wenigen Ländern und auch nur in geringer Menge, so dass sie bald wertvoller als Gold sein dürften, so die Autoren. Speziell in der Halbleitertechnik, also für den Bau von Computerteilen, waren diese Stoffe sehr wichtig.

Die Autoren hatten sogar die Möglichkeit gesehen, dass sich Länder wie die USA Gründe ausdenken würden, um als gute, die Menschheit schützende Weltmacht in diese Staaten einzumarschieren, um sich die Rohstoffe zu sichern.

„Hören Sie mir noch zu?", fragte Ho.

„Entschuldigen Sie mich, aber ich musste da gerade an etwas denken, was ich einmal über die 'seltenen Erden' gelesen habe."

„Genau darum geht es", sagte Ho. „Wir sind im Moment teilweise die Einzigen auf der Welt, die über diese Stoffe verfügen. Das bringt uns im Moment einiges an Geld, ohne dass wir wirtschaftlich kaum überleben können. Wir haben die Leute bei uns zwar gut im Griff, aber wenn sich das Volk gegen die Regierung stellt, dann müssen wir ihm was bieten können. Ohne Devisen wird das schwierig werden."

„Wie ist das denn mit Öl und Kohle?", fragte Ricardo. „Könnte man dann auch so etwas mit einer solchen Maschine herstellen?"

„Das würde wohl gehen", antwortete Ho, „aber wir wollen ja weg von Öl und Kohle. Schauen Sie sich mal in den chinesischen Großstätten um. Da kann man bald das ganze Jahr nur noch mit Mundschutz herumlaufen. Wir haben zwar riesige Flächen, die wir mit Sonnenkollektoren zupflastern könnten, aber dafür braucht man diese seltenen Erden auch! Aber das ist noch Zukunftsmusik. Erst mal geht es darum, dass uns die Amis und die Europäer für viel Geld die Rohstoffe abkaufen."

„Aber wie soll es danach weitergehen?", fragte Ricardo.

„Das sollen unsere großen Führer entscheiden", sagte Ho. „Jetzt haben wir erst einmal diesen einen wichtigen Auftrag auszuführen. Und dafür brauche ich Sie! Als ich Sie auf den Bildern meiner Überwachungskameras sah, fiel mir auf, dass Sie der Zielperson unserer Aktion sehr ähnlich sind; um nicht zu sagen, ich dachte zuerst, dass Sie das wären. Aber ich glaube nicht, dass unsere Zielperson im Dunkeln durch die Straßen schlendert, um lohnende Einbruchsziele auszukundschaften."

Ho hielt eine Vergrößerung des Bildes hoch, das er ihm vorher gezeigt hatte.

„Da hätten Sie doch wahrscheinlich auch gedacht, dass Sie das sind, oder?"

Ricardo schaute sich das Bild noch einmal an. Die Ähnlichkeit mit ihm war wirklich frappierend. War es das gewesen, was ihm sein Vater auf dem Sterbebett noch sagen wollte? Hatte er vielleicht einen Zwillingsbruder gehabt?

Ein paar Minuten herrschte Stille.

Dann brach Ricardo das Schweigen.

„Wenn das Ihre Zielperson ist, dann können Sie mir doch sicher einiges über diesen Mann erzählen, oder?"

Ho sah ihn an; es sah fast so aus, wie es ein Arzt machen dürfte, wenn er dem Patient eine Diagnose mitteilen sollte, die schwer zu verdauen war. Dann sagte er:

„Dieser Mann heißt Danielo. Er ist etwa 30 Jahre alt. Seine Eltern waren relativ reiche Leute aus Norditalien."

„Aber dann kann es doch kaum mein Bruder sein", meinte Ricardo.

„Eigentlich nicht", sagte Ho, „wenn es in seiner Vita nicht eine Besonderheit gäbe."

„Und das ist?", fragte Ricardo.

„Er ist ein Adoptivkind", sagte Ho und sah Ricardo wieder genau an.

„Seine Stiefeltern haben ihn aus einem Kinderheim hier in der Nähe geholt. Wer seine leiblichen Eltern waren, hat man ihnen nicht gesagt. Man hätte es auch nicht gekonnt, denn…"

Ho zögerte kurz. Dann dachte er sich: ‚Da muss er jetzt durch.'

„Warum ging das nicht?", fragte Ricardo.

„Er wurde als Säugling in ein dickes Tuch eingewickelt in einem Korb vor der Tür des Kinderheims gefunden. Man hatte einen Zettel zu ihm gelegt, auf dem stand, dass seine Eltern sehr arm waren und es nicht schaffen würden, ihn großzuziehen. Und dass sie Angst hätten, dass er ihnen verhungert oder ihn irgendeine Kinderkrankheit umbringt. Sie selber hatten kein Geld für einen Arzt, und auch die Geburt hatten sie ohne fremde Hilfe schaffen müssen. Aber jetzt wären sie am Ende. Lieber wollten sie, dass er Eltern findet, die mehr Geld haben und sich richtig um ihn kümmern konnten."

Ho erzählte, dass Danielo dann ein paar Jahre in dem Kinderheim gewesen sei. Kurz nachdem er in die Schule gekommen war, hatte ihn ein älteres kinderloses Ehepaar aus dem Kinderheim geholt.

„Der Junge hat richtig Glück gehabt", sagte Ho. „Er hatte alles; er konnte die höhere Schule besuchen und hat studiert. Und weil er richtig gut war, ist er dann in dieses Forschungslabor gekommen."

Ricardo brauchte einen kurzen Moment, bis er die Geschichte verarbeitet hatte.

Dann fragte er: „Und was haben Sie jetzt vor?"

„Ganz einfach. Sie nehmen einen Tag seine Rolle an, nämlich an dem Tag, wo der erste Produktionslauf stattfindet, und werden dafür sorgen, dass die Sache schief geht. Dann können wir ein paar Jahre gewinnen, in denen unsere Rohstoffe noch wertvoll sind. Und unsere eigenen Ingenieure schaffen es vielleicht in dieser Zeit, die Entwicklung der Maschine zur Ende zu bringen."

Ricardo war überrascht. „Aber Sie sagten doch, dass das Labor so hermetisch abgeriegelt ist, dass Spionage unmöglich ist!"

Ho grinste. „Theoretisch unmöglich, meinte ich. Genau das ist es. Theoretisch kann man das ausschließen, praktisch aber nicht. Wir haben schon unsere Methoden, auch Informationen aus solchen Einrichtungen zu bekommen. Wie das geht, verrate ich Ihnen aber nicht. Vielleicht später einmal."

Dann schloss er mit Ricardo einen Vertrag und schickte ihn erst mal nach Hause. Auch eine Anzahlung für seine Dienste hatte er Ricardo zugesteckt.

„Melden Sie sich übermorgen wieder", hatte er noch gesagt. „Kommen Sie morgens einfach her, stellen sich vor unser Eingangstor und warten. Ich hole Sie dann rein."

Auf dem Heimweg ließ sich Ricardo das Erlebte noch einmal durch den Kopf gehen. Eigentlich hatte er gar keine andere Wahl, als mit dem Chinesen zusammen zu arbeiten. Oder sollte er sich mit dem chinesischen Geheimdienst anlegen? Die waren sicher nicht weniger zimperlich als die Mafia. Und kopflos wollte Ricardo auch nicht werden.

Kopfzerbrechen machte ihm nur noch die Frage, was nach der Aktion, wenn sie denn erfolgreich sein würde, passieren würde. Würde sich Ho an seine Versprechen halten, oder musste er damit rechnen, dass diese Aktion nicht nur seine erste, sondern auch seine letzte für die Chinesen sein würde?

Unterwegs kaufte er sich an einem Kiosk, der schon geöffnet hatte, eine Flasche Wein. Die würde er brauchen.

5

Danielo wohnte in Sant'Angelo, einem kleinen Ort südwestlich von Senigallia. Dort besaß er in der Nähe des Fußballplatzes eine schicke Villa, die er von seinen Stiefeltern geerbt hatte.

Alle Räume hatten Außenfenster, man konnte also aus allen Räumen ins Freie schauen. Was aber auch hieß, dass man von überall aus hineinschauen konnte.

Ricardo hatte sich mit dem Wagen, den ihm Ho zur Verfügung gestellt hatte, auf der Borgo Marzi in der Nähe des kleinen Fußballplatzes postiert.

Hos Leute hatten in Danielos Haus Kameras eingebaut, die über einen gesicherten und für Italien unüblichen Kanal Bilder an den Laptop übertrugen, den Ricardo sich auf den Schoß gestellt hatte.

Das Schlafzimmerfenster war von Ricardos Position aus nicht zu sehen, aber er sah auf seinem Bildschirm, was sich dort tat. Er war froh, dass Danielo anscheinend alleine lebte und wenig mit Frauen zu tun hatte.

‚Dafür hat er ja einen Supersportwagen', dachte Ricardo und musste innerlich lachen.

War er vielleicht schwul oder so schüchtern, dass er sich nicht an Frauen herantraute? Das war Ricardo eigentlich egal; so brauchte er wenigstens keine Angst zu haben, ungewollt eine Peepshow oder noch mehr zu sehen.

Danielo war gegen 23 Uhr ins Bett gegangen. Das war jetzt schon etwa zwei Stunden her.

Ricardo wollte sich gerade auf den Weg ins Haus machen, da konnte er auf seinem Monitor sehen, dass Danielo die Nachttischlampe angeschaltet hatte und auf seinen Radiowecker schaute. Dann schaltete er die Nachttischlampe wieder aus. Es fiel ein wenig Licht von draußen in das Schlafzimmer, so dass Ricardo sehen konnte, dass Danielo sich wieder auf die andere Seite gelegt hatte.

Ricardo sah auf dem Monitor, dass Danielo sehr unruhig war und sich immer wieder umdrehte.

Jetzt stand Danielo auf und ging in den Flur. Ricardo schaute auf das Badezimmerfenster; dort ging das Licht an. Kurz darauf ging das Licht wieder aus und unten in der Küche an.

‚Trink doch einen guten Schluck, damit du endlich schlafen kannst!', dachte Ricardo.

Plötzlich schreckte Ricardo auf: ein Streifenwagen kam langsam die Straße entlang gefahren.

Die Polizisten hatten anscheinend schon gesehen, dass Ricardo mit einem eingeschalteten Laptop auf dem Schoß in seinem Wagen saß. Sie hielten an. Der Fahrer ließ die Scheibe herunter und sah zu Ricardo rüber.

„Was machen Sie hier? Wollen Sie ungestört schmutzige Bilder ansehen, oder was?"

„Nein", sagte Ricardo. Dann sagte er genau das, was ihm Ho aufgetragen hatte:

„Wir machen hier eine Observation; Drogenhändler!"

„Alles klar", sagte der Polizist und grinste.

„Dann viel Erfolg!", sagte er noch, dann fuhren sie weiter.

Ricardo dachte nur: ‚Sind die Bullen jetzt auch schon auf der Gehaltsliste der Chinesen?'

Es war kurz vor zwei, als Danielo die Nachttischlampe wieder einschaltete. Das Licht im Bad ging an und kurz darauf wieder aus.

Ricardo konnte auf dem Monitor sehen, dass Danielo auf dem Bett saß.

Er hatte sich im Bad Tabletten geholt. Jetzt nahm er zwei Pillen aus der Verpackung und spülte sie mit einem halben Glas Wasser runter.

Dann prüfte er seinen Wecker und schaltete das Licht wieder aus.

Ricardo überlegte: Wie lange dauerte es in der Regel, bis die Wirkung von Schlaftabletten einsetzte? Bestimmt nicht mehr als eine halbe Stunde.

Er spielte noch einmal in aller Ruhe den Aktionsplan durch.

Als es vier Uhr war, schaute Ricardo noch einmal auf den Monitor. Danielo lag ruhig und friedlich in seinem Bett.
Ricardo schaltete den Laptop aus und machte sich auf den Weg.

Das 'Zebra' stand vor dem Haus. Ho hatte nicht übertrieben, als er gesagt hatte, dass Danielo das eigentlich weiße Auto mit schwarzen Streifen versehen hatte, sodass es wie ein Zebra aussah.
Das Haus war mit neuester Technik ausgestattet. Man brauchte keine Schlüssel mehr, sondern hielt nur einen Token an ein Lesegerät und die Tür ging auf. Ein absolut sicheres System, wie die Herstellerfirma versicherte. Abhörsicher, störungsfrei und wenn man den Token einmal verlegt oder vergessen hatte, konnte man über ein Tastenfeld neben der Tür einen Geheimcode eingeben, der die Türmechanik auslöste.
Ho hatte über diese Technik gelacht. Das System war zwar selbst für gute Hacker schwierig zu knacken, aber für die Spezialisten vom Geheimdienst war das überhaupt kein Problem.
Ricardo nahm den Token, den Ho ihm gegeben hatte, hielt ihn an das Lesegerät, und schon schwang die Eingangstür automatisch gesteuert auf. Er ging nach drinnen, und als er weit genug von der Eingangstür entfernt war, ging diese wie durch Geisterhand wieder zu.
Zur Straße hin war die Front fast komplett verglast. Es fiel genug Licht ein, so dass Ricardo nicht einmal eine Lampe brauchte. Die Räume waren U-förmig angelegt; rechts führte eine Treppe nach oben und eine andere nach unten in den Keller.
Ricardo ging langsam und lautlos die Treppe hinauf. Er orientierte sich noch einmal; das Schlafzimmer musste geradeaus rechts sein. Vorsichtig öffnete er die Tür und sah hinein. Danielo lag im Bett; er war völlig ruhig und schlief.
,Braver Junge!', dachte Ricardo.
Er holte aus seiner Jackentasche einen Beutel mit einer Spritze.

Danielo trug nur einen dünnen Schlafanzug, so dass Ricardo mit der Spritze problemlos durch das Hosenbein direkt in den Oberschenkel stechen konnte.

‚Tut gar nicht weh!', dachte er.

Tatsächlich schien Danielo überhaupt nichts mitbekommen zu haben, und auch, als Ricardo ihm das Schlafmittel in den Muskel spritzte, zuckte er nicht einmal.

‚So', dachte Ricardo. ‚Jetzt muss ich nur noch bis morgen früh warten, dann als Danielo in seine Firma fahren und die Aktion durchführen.'

Hos Auftrag war, dass er gegen zwanzig vor Zehn losfahren sollte, damit er wie gewohnt erst gegen 10 Uhr in der Firma ankäme. Dann sollte er schnell auf Danielos Platz gehen, den Wert für den Energiezufluss umstellen, kurz vor dem Start der Maschine diesen Wert bestätigen und schauen, was geschehen würde.

Wenn ihre Berechnungen stimmten, würde sich die Maschine durch den viel zu hohen Energiezufluss selbst zerstören. Danach sollte er sofort den Wert wieder auf den alten Stand setzen.

Ho hatte ihm auch gezeigt, mit welchem Trick er die automatische Aufzeichnung der Werte zwischenzeitlich ausschalten konnte.

Ricardo holte den Zettel aus der Tasche:

‚Energiezufluss 25,9' hatte er sich notiert.

„Passen Sie gut auf, dass Sie sich nicht vertippen", hatte Ho gesagt. „Wenn der Wert zu niedrig ist, dann macht die Maschine irgendeinen Brei. Wenn er aber viel zu hoch ist, dann werden Sie Probleme haben, unbeschadet wieder aus dem Bunker heraus zu kommen."

Ho hatte ihm auch eine Pille mitgegeben.

Wenn er sie einnahm, würde er sich übergeben müssen und könnte vortäuschen, dass es ihm schlecht ging und dass er schnell zu einem Arzt fahren müsste. So könnte er wieder aus der Rolle schlüpfen und Danielo den Ärger überlassen.

Ricardo schmunzelte.

‚Sind wir gemein!', dachte er.

Ricardo war sich sicher, dass das auch so funktionieren würde.

Den Wecker hatte Danielo auf neun Uhr gestellt. Ricardo rechnete nach, wie lange er für den Weg brauchen würde. Wenn man im Bad und beim Frühstück nicht trödelte, konnte das hinhauen. Ricardo schaltete den Wecker aus. Danielo sollte ja länger schlafen, als gewöhnlich.

Danielo hatte sich schon am Abend alles für den Arbeitstag parat gelegt, auch einen guten schwarzen Anzug für den besonderen Tag hatte er sich schon auf seinen Butler gehängt. Und natürlich eine schwarz-weiß gestreifte Krawatte.

Ricardo hatte die Sachen anprobiert; sie passten exakt. Nun, es waren ja auch die seines Zwillingsbruders.

Jetzt brauchte Ricardo nur noch die Stunden zu überbrücken, bis er sich auf den Weg machen musste.

Im Schlafzimmer war ihm gleich aufgefallen, dass die Wände mit einem Zebramuster tapeziert waren, und dass alle Möbel weiß oder schwarz waren. Bis auf den dreiteiligen Kleiderschrank, denn der hatte einen schwarzen Korpus und weiße Türen.

‚Nein, ich bin nicht neugierig‘, sagte sich Ricardo und machte die linke Tür auf. Im oberen Bereich lag weiße Unterwäsche, darunter ein Stapel adrett gefaltete Polohemden, in der Mitte hingen an einer Stange weiße Oberhemden mit kurzem Arm und Sommerhosen, natürlich auch weiß, und unten lagen Socken. Schwarze Socken, wie Ricardo feststellte.

Als er die rechte Tür öffnete, wurde ihm schwarz vor Augen. Ihm war nicht schlecht geworden, aber hier hatte Danielo die Wäsche für die kalte Jahreszeit:

Alles in Schwarz!

Ricardo schaute sich noch einmal um. Das einzige, was farbig war, war eine LED am Wecker, die beim Ausschalten von grün auf rot gewechselt hatte.

Wie mag es im Haus sonst aussehen? Es war noch genug Zeit, sich umzusehen.

Im Treppenhaus war alles weiß; das hatte Ricardo schon gesehen, als er das Haus betreten hatte. Er machte die Badezimmertür auf. Wie erwartet: Weiße Fliesen, ein schwarzer Zierstreifen etwa auf Augen-höhe, schwarze Keramik.

Schwarze Keramik! Das hatte er noch nie gesehen.

,Wenn man es sich leisten kann', dachte Ricardo. ,Wenigstens sieht man dann den Dreck im Klo nicht so gut.'

Neben der Schlafzimmertür ging es in einen weiteren Raum. Als Ricardo hineinschaute staunte er.

Der Raum nahm die gesamte Hausbreite ein. Danielo hatte anscheinend ein Faible für technische Spielzeuge. Die Innenwände waren mit Regalen besetzt, nur an einer der Außenwände stand ein Schreib- oder Arbeitstisch mit Bastelutensilien.

Gleich ins Auge fiel eine riesige Modellautorennstrecke, die fast den ganzen Raum ausfüllte. Mehrere Etagen übereinander schlängelte sich die Strecke um einen Berg mit einer Burg in der Mitte.

,Das sind doch mindestens 50 Meter Strecke', dachte Ricardo erstaunt. ,Da kann man ja richtig Rennen fahren!'

Ricardo ging die Regale entlang und schaute, was es dort alles gab:

Eine Drohne mit HD-Kamera, verschiedene Helikopter, Automodelle und ein kleiner Roboter mit vielen Lichtern und zwei Greifarmen.

Der Roboter erinnerte Ricardo an die Bilder, die er von den Lande-fähren gesehen hatte, die die NASA und die ESA in den Weltraum geschickt hatten.

Neben jedem der Geräte lag die passende Fernbedienung, und am Arbeitstisch stand eine große Ladestation für die Akkus.

Ricardo hatte große Lust, ein paar der Spielzeuge auszuprobieren, aber er ließ es lieber sein und machte sich auf den Weg zum Parterre.

Im Parterre gab es nur zwei Räume, vom Gäste-WC abgesehen. Der eine war die Küche, die allerdings nicht so aussah, als wenn sie für mehr als das Frühstück benutzt würde. Es wunderte

Ricardo nicht, dass auch hier alle Möbel in Schwarz und Weiß gehalten waren, nur die Geräte waren silbrig glänzend.

Den Rest des Parterres nahm ein großer Wohnbereich ein. Nicht nur die Tapete, die der im Schlafzimmer ziemlich ähnelte, auch die Möbel waren alle schwarz oder weiß.

In einer Ecke stand ein großes Plüschzebra. Ob Danielo das als Kind bekommen hatte und deswegen so auf Zebras stand?

Ricardo schaute auf die Uhr. Immer noch viel Zeit bis zum Aufbruch.

Er ging die Treppe hinunter in den Keller.

Der Grundriss schien der gleiche wie in den oberen Etagen, allerdings gab es hier nur zwei Türen. Unter dem Hauseingang war ein Vorratsraum, unter dem Gäste-WC eine Dusche, und unter dem Wohnzimmer war eine große Garage. Ricardo war etwas verwundert, als er sah, was Danielo hier stehen hatte:

Ein großer Lieferwagen mit einer überpinselten Beschriftung, eine Enduro und eine Straßenmaschine, beide von Yamaha.

Die linke Wand war von links bis rechts voller Regale, auf denen einige Werkzeuge und Ersatzteile lagen, und in der Mitte stand ein Wäschespind, in dem Danielo die Helme und die Motorradbekleidung aufbewahrte.

‚Deshalb steht das Zebra wohl draußen', dachte Ricardo. Hier war kaum noch Platz, um den Sportwagen unterzustellen.

Ricardo schaute noch einmal nach links und rechts. Etwas war nicht richtig.

Er überlegte.

Dann hatte er es: Die Proportionen passten nicht genau zu denen im Erdgeschoss. Der große Garagenraum war ein Stück kleiner als das Wohnzimmer, das über ihm lag.

Er ging wieder nach oben, schaute sich den Wohnbereich genau an und ging wieder nach unten. Links fehlte ein Stück! Hatten sich die Leute, die das Haus gebaut hatten, ein Stück Keller gespart? ‚Unwahrscheinlich', dachte Ricardo.

Er ging an die linke Seite. Hinter den Regalen waren keine Ritzen im Putz, also keine versteckte Tür. Er öffnete noch einmal die Spindtür und schob die Motorradbekleidung nach links und rechts zur Seite.

„Bingo", sagte er. Die Rückwand hatte auf der linken Seite Scharniere und rechts war ein Griff. Ricardo versuchte, die Tür zu öffnen, aber sie war wohl verschlossen.

‚Kein Schloss zu sehen', dachte Ricardo. Er schob die Bekleidung an der rechten Seite noch etwas enger zur Seite. Ein Mechanismus wie am Eingang und ein Zahlenschloss wurden sichtbar. Er holte den Token aus der Tasche und hielt ihn an den Lesemechanismus, aber es bewegte sich nichts. Welchen Code könnte Danielo gewählt haben?

Ricardo probierte ein paar gängige Zahlenkombinationen aus, aber ohne Erfolg.

‚Ob er da drin sein Geld aufbewahrt?', dachte Ricardo.

Er rechnete schnell aus, die lange er brauchen würde, um den Code zu knacken. 100 Stunden oder länger; so viel Zeit hatte er nicht.

‚Egal', dachte er und ging wieder nach oben.

Als es neun Uhr war, spitzte Ricardo die Ohren. Ein leises Klicken war zu vernehmen.

Er schaltete den Wecker wieder ein; schließlich sollte Danielo morgen früh wie gewohnt aufwachen.

Wie lange würde Danielo wohl brauchen, um herauszubekommen, was in den letzten 24 Stunden passiert war? Na ja, Danielo war doch ein sehr schlauer Kopf! Der würde das schon hinbekommen.

Ricardo war bereit für seinen großen Tag.

Jetzt war er Danielo.

Um zwanzig vor Zehn ging er zum Auto und fuhr los.

6

Wieder am Tag der Katastrophe im Labor

Mario freute sich: Heute hatten die Lehrer Schulkonferenz und es war schulfrei!

Nachdem er mit seiner Mutter gefrühstückt hatte, packte er seine Utensilien zusammen und sagte zu ihr: „Ich treffe mich mit Francesco. Wir wollen noch ein paar Insekten einfangen."

Seine Mutter fand es gut, dass der Sohn so großes Interesse an der Natur hatte. Das unterschied ihn von seinen Vater, der in seiner Freizeit am liebsten ins Fitnessstudio ging oder sich auch mal gerne mit seinen Freunden zu einem Gläschen in der Osteria traf. Vor allem fand sie toll, dass der Sohn auch immer eine gute Note in Biologie hatte.

Wenn sie sagte: „Wir müssen unsere Umwelt nicht nur als Rohstoff- und Nahrungsquelle sehen, sondern auch als Natur erhalten", meinte sie das sehr ernst. Dass Mario und sein Freund die Naturbeobachtung aber nur als Vorwand nutzten, um ungestört ihrem eigentlichen Hobby nachzugehen, ahnte sie nicht.

Es gab in der Nähe ein paar ehemalige Kies- und Steingruben; oberhalb der ältesten dieser Gruben im Steilhang war der Eingang zu einem Stollen, wo man früher nach Edelmetallen gegraben hatte. Ein älterer Mitschüler hatte Francesco erzählt, dass sein Opa dort früher gearbeitet hatte, und dass der Opa sich sicher war, dass es dort noch den einen oder anderen Flöz mit Gold zu finden gäbe. Aber auf ihn hatte keiner gehört.

Dieser Stollen war jetzt schon seit Jahrzehnten aufgelassen. Man hatte am Eingang ein Eisentor angebracht und ein Hinweisschild auf dem stand: „Betreten strengstens verboten – Einsturzgefahr"

Das Schild war schon etwas verwittert, und dem Tor hatten die großen Temperaturunterschiede zwischen Sommer und Winter, aber auch die Feuchtigkeit, sehr zugesetzt. So war es für Mario und Francesco ein leichtes gewesen, das Schloss zur Seite zu schieben und in den Stollen zu gehen.

Auf den ersten Metern war es ziemlich feucht, weil bei starken Regenfällen Wasser in den Stollen eindrang, aber nach ein paar Metern war der Boden wieder trocken. Hier war es allerdings schon so dunkel, dass man ohne eine Lampe nicht mehr die Hand vor Augen sehen konnte.

Das war für die beiden Jungs der ideale Abenteuerspielplatz.

Irgendwann hatte Marios Vater mitbekommen, dass die beiden schon ein paar Mal in der Höhle, wie sie es nannten, gewesen waren. Darüber war er ziemlich sauer gewesen.

„Wisst ihr eigentlich, was ihr da tut?" hatte er Mario angepflaumt.

„Wenn da die Decke runterkommt, dann findet man vielleicht in ein paar hundert Jahren eure Knochen oder ihr werdet zu Fossilien und vielleicht erst in ein paar hunderttausend Jahren wiederentdeckt!"

Mario hatte geschwiegen. War das wirklich so gefährlich, oder hatte man das Schild und das Tor nur angebracht, damit man die Schuld auf andere schieben konnte, wenn dort tatsächlich etwas passierte?

„Aber so gefährlich ist das doch gar nicht", hatte Mario geantwortet.

„Das glaubst du vielleicht", hatte der Vater gesagt. „Habt ihr in Geographie schon mal was darüber gehört, wie die Berge und die Täler entstanden sind?"

„Nein", hatte Mario geantwortet. „Das kommt, glaube ich, erst nächstes Jahr dran."

„Dann pass gut auf. Unsere Erde ist innen unheimlich heiß; so heiß, dass sogar Steine flüssig werden."

Mario wollte seinem Vater zeigen, dass er schon ein wenig über die Erde gelernt hatte.

„Meinst du so, wie an einem Vulkan?"

„Das stimmt. Da ist nämlich die oberste Schicht, auf der wir hier rumlaufen, gerissen, und das Magma, so heißt das, wird nach oben gedrückt."

„Und was hat das jetzt mit der Höhle zu tun?" hatte Mario gefragt.

Sein Vater hatte überlegt, ob er seinem Sohn jetzt eine Vorlesung über Geologie halten sollte, oder wie er ihm kurz und knapp sagen sollte, warum es unter der Erde gefährlich ist.

Er überlegte ein paar Minuten und fasste sich dann kurz:

„Die oberste Schicht, das ist die so genannte Erdkruste, bewegt sich. Und wo zwei Stücke gegeneinander stoßen, wird ein Teil nach unten gedrückt und der andere Teil nach oben. Was nach oben gedrückt wird, das sind die Gebirge. Das dauert aber tausende Jahre, denn es geht nicht langsam und gleichmäßig, sondern schrittweise. Immer, wenn wir ein kleines Erdbeben haben, haben sich diese Teile etwas verschoben. Und wenn sich die Teile verschieben, dann wackeln nicht nur Häuser, sondern auch die Wände in so einer Höhle wackeln, und die Gänge können einstürzen."

Mario gab noch nicht auf.

„War das denn nicht auch früher für die Arbeiter in der Grube zu gefährlich?"

„Doch, das war schon gefährlich. Deshalb hat man in den Gängen Stützen aus Holz und Eisen eingebaut, die ein Einstürzen verhindern sollten."

Als er das gesagt hatte, fiel ihm auf, dass er damit Mario ein Argument geliefert hatte.

Mario hatte das gemerkt und gleich ausgenutzt:

„Ja aber, wenn die dort doch Stützen eingebaut haben, dann kann die Grube doch gar nicht einstürzen!"

Der Vater musste trotz diesem gelungenen Konter lachen.

„Das hast du clever erkannt. Aber du hast eins vergessen: Die Holzbalken sind mittlerweile so morsch, dass du sie mit einem starken Tritt in Stücke teilst und die Eisenstützen sind so verrostet, dass sie auch nicht mehr viel aushalten."

Er sah Mario jetzt streng an. „Ich will nicht, dass ihr jemals wieder in diese Grube reingeht. Sonst werde ich dafür sorgen, dass man den Eingang zumauert!"

Mario hatte das geschluckt und gesagt:

„Dann müssen wir uns halt was anderes zum Spielen ausdenken."
„Ihr könnt doch mit den anderen Fußball spielen, oder, wie wäre es, mal ein Buch zu lesen?"
Damit war das Thema erledigt.
Zumindest für Marios Vater.
Die Jungs dachten natürlich nicht daran, ihr Hobby aufzugeben. Sie hatten als erstes den Stollen inspiziert, hier und da mal an einen Balken geklopft oder versucht, eine der Eisenstangen zu verbiegen. Es schien ihnen aber alles noch so fest zu sein, dass sie beschlossen hatten, ihre Suche nach der sagenhaften Goldader fortzusetzen.
Sie hatten einem Alträucher eine alte Spitzhacke, zwei Hämmer und eine alte Schaufel abgeschwatzt, sich von ihrem Taschengeld zwei gute Taschenlampen, ein paar Ersatzbatterien und -birnchen gekauft und in einer Nische kurz hinter dem Eingang zu dem Hauptstollen ihr, wie sie es nannten, Basislager eingerichtet. Später hatten sie noch ein paar Keksstangen und Wasserfläschchen dazu getan.

Bei ihren Erkundungstouren hatten sie gesehen, dass es an einigen Stellen kurze Seitenstollen gab, wo die Arbeiter früher nach Erzvorkommen gesucht hatten. Manche gingen einige Meter tief weiter in den Berg hinein, an anderen Stellen gab es senkrechte Schächte, unter denen die beiden wieder Gänge vermuteten, aber alles, was tiefer lag als der Hauptgang, stand inzwischen voll Wasser.
„Wenn wir doch Taucher wären", hatte Francesco mehrmals seufzend gesagt. „Die Goldader ist bestimmt da unten, aber da kann ja keiner mehr hin!"
So hatten sie weiter die oberen Gänge abgesucht.
An einer Stelle hatten sie an der Seitenwand eine halbverfaulte Leiter entdeckt. Beim Versuch, sie hoch zu klettern, war unter Francescos rechtem Fuß einmal eine Sprosse gebrochen, und er wäre beinahe abgestürzt. Mit Marios Hilfe war er aber wieder heil nach unten gelangt.

„Wie weit gehen die Gänge wohl noch?", hatte Mario ihn einmal gefragt.

„Keine Ahnung. Aber weiter als zwei Kilometer bestimmt nicht", hatte Francesco geantwortet. „Dann bist du nämlich auf der anderen Seite vom Berg am Misa."

Misa war der kleine Fluss, der durch Senigallia in die Adria floss. Sie hatten natürlich nicht einen einzigen Goldklumpen gefunden, aber die Suche machte ihnen trotzdem einen riesigen Spaß.

Mario hatte sich auf sein Fahrrad gesetzt und war die Strada di San Gaudenzio hinauf gefahren. Hier ging ein Weg zu den Kiesgruben ab. Ihr Treffpunkt war am Nordufer des kleinen Sees, wo ein kleiner Wald war. Francesco, der in einem Haus im Hang gleich oberhalb wohnte, hatte nur wenige Meter bis hierher; er kam meistens von der anderen Seite. Sie hatten sich diese Stelle ausgesucht, weil Mario sein Fahrrad hier zwischen den Bäumen verstecken konnte. Es musste ja nicht jeder wissen, dass sich die beiden Jungen hier trafen und was sie machten.

Es ging bis zu ihrem Treffpunkt ganz gut bergan. Mario schnaufte ziemlich, stellte sein Fahrrad unter einen Baum und setzte sich auf einen Stapel Holzstämme, die man hier abgelegt hatte.

Er war vielleicht zwei Minuten da, als er schnelle Schritte aus der Richtung hörte, aus der er gekommen war. Auch meinte er, Schüsse zu hören. Schnell suchte er hinter dem Holzstapel Deckung.

Ein Mann kam gelaufen, steuerte zielstrebig auf den Stollen zu, schwang das Tor zur Seite und lief hinein.

Ein zweiter Mann kam gelaufen. Mario sah, dass der zweite Mann eine Polizeiuniform trug und eine Pistole in der Hand hielt. Er schaute kurz nach rechts und links, um zu sehen, ob der erste Mann irgendwo zu sehen war, dann ging er langsam in den Stollen hinein.

Mario hatte manchmal zusammen mit seinem Vater einen Krimi sehen dürfen. Aber das hier war echt! Etwas war aber anders als in den Krimis. Während Mario noch rätselte, was hier anders war, schubste ihn jemand von hinten an und rief: „Huh!"
Mario zuckte vor Schreck zusammen.
Er drehte sich um. Da stand Francesco und grinste ihn an.
„Erschrocken?", prustete er heraus.
„Psssssst - Sei ganz leise!", flüsterte Mario ihm zu.
„Was ist denn los?"
Francesco flüsterte jetzt auch.
„Da ist eben ein Mann in unsere Höhle gelaufen und ein Polizist mit vorgehaltener Pistole hinterher!"
„Willst du mich veräppeln?", fragte Francesco leise.
„Nein", flüsterte Mario. „Ich glaube, der Polizist hat eben sogar auf den Mann geschossen. Er hat ihn aber wohl verfehlt. Jetzt sind beide in der Höhle."
Sie duckten sich so tief es ging und versuchten, durch die Ritzen zwischen den Stämmen zu sehen, ob sich am Eingang zum Stollen etwas tat.
Mucksmäuschenstill hockten die beiden Jungen da und warteten. Es kam ihnen schon nach einer Minute wie eine Ewigkeit vor. Dann hörte sie aus dem Stollen Geräusche.
„Da hat einer geschossen", flüstere Mario seinem Freund ins Ohr.
Kurz darauf kam der Polizist heraus. Er schaute sich nach rechts und links um, als ob er sehen wollte, ob ihn jemand beobachtet. Glücklicherweise hatte er die Jungs wohl nicht gesehen.
Er murmelte etwas vor sich hin, holte etwas aus seiner Jackentasche und ging wieder ein paar Schritte in den Stollen. Dann kam er wieder heraus und lief schnell ein Stück auf sie zu. Dann blieb er blieb stehen und hielt sich die Hände vor die Ohren.
Eine Sekunde später hörten die Jungen einen lauten Knall und sahen, wie sich eine Staubwolke vor dem Eingang ausbreitete.
Der Polizist schaute sich noch eben den Erfolg seiner Aktion an, murmelte wieder etwas vor sich hin und lief zurück in Richtung der Straße.

„Wow", sagte Francesco, als der Polizist weg war. „Was war das denn? Wird hier ein neuer James-Bond gedreht?"
„Das glaube ich nicht", antwortete Mario. „Das sah ziemlich echt aus."
Jetzt fiel ihm auch ein, was ihm eben seltsam vorgekommen war.
„Ich glaube aber nicht, dass das ein echter Polizist war."
„Wie kommst du darauf?", fragte Francesco.
„Normalerweise rufen die doch immer so was wie ‚Halt! Stehen bleiben!' oder ‚Halt, oder ich schieße!'. Aber der hat gar nichts gerufen."
„Hast du verstanden, was der Polizist gesagt hat, als er aus der Höhle kam?"
Francesco überlegte.
„Hm", sagte er dann, „ich meine was wie ’recken’ verstanden zu haben."
„Vielleicht ’verrecken’?", fragte Mario. „Hat er vielleicht ’verrecken’ gesagt?"
„Das könnte sein!"
Francesco lief es kalt den Rücken hinunter.
„Der wollte den Mann gar nicht fangen. Der wollte ihn umbringen!"
„Und weil er ihn nicht erwischen konnte und in der Höhle Angst gekriegt hat, hat er den Eingang gesprengt!"
„Und gesagt: ‚Du sollst verrecken!'"
Mario war sich sicher. Das konnte kein richtiger Polizist gewesen sein.

Nachdem die Jungen sich einigermaßen von dem Schreck erholt hatten, gingen sie zu ihrer Höhle hinüber.
„Der Polizist, oder was der Mann auch immer war, hat ganze Arbeit geleistet", sagte Mario, als er den Eingang begutachtete.
Das Tor lag seitlich neben dem Eingang und sah noch krummer aus als vorher. Der Hang über dem Eingang war abgerutscht und hatte ihn zugeschüttet. Ein großer Baum war abgeknickt und drohte auf den Eingang zu kippen.
Ganz oben war noch eine kleine Lücke im Schutt zu sehen.

„Da passt wahrscheinlich gerade noch eine Fledermaus durch“, sagte Mario. „Wir werden eine Menge Arbeit haben, wenn wir noch einmal reinwollen.“

Francesco sah nachdenklich aus.

„Was ist los mit dir?“, fragte Mario.

„Ich überlege gerade, was mit dem Mann passiert ist, hinter dem der Polizist her war. Meinst du, er hat ihn erschossen?“

„Glaube ich nicht“, sagte Mario. „Wenn er ihn da drin erschossen hätte, hätte er sicher nichts von verrecken gesagt. Der muss noch leben!“

„Und was machen wir jetzt?“, fragte Francesco.

Mario ging die Möglichkeiten durch, die ihm einfielen.

„Also, wir könnten einfach nach Hause gehen und so tun, als wäre nichts gewesen.“

„Das würde aber heißen, dass der Mann in unserer Höhle verhungert oder verdurstet, oder - vielleicht ist er ja auch verschüttet und liegt hilflos unter den Trümmern.“

„Ich glaube nicht, dass er da alleine rauskommt.“

„Und wir können ihm gar nicht helfen!“

„Ich glaube, dann werde ich jede Nacht träumen, dass er plötzlich an meinem Bett steht.“

Auch Francesco hatte Angst davor, dass er nachts keine Ruhe mehr finden würde

„Wir müssen ihm helfen!“, sagte er.

„Das sehe ich auch so. Wir könnten versuchen, den Eingang frei zu schaufeln, und hoffen, dass wir das schaffen, bevor er tot ist.“

„Und wenn er plötzlich mit einer Pistole vor uns steht und auf uns schießt?“

„Meinst du, dass der auch eine Pistole hatte? Dann hätte er doch sicher auch auf den Polizisten geschossen!“

„Das stimmt“, sagte Francesco. „Es sei denn, er konnte es aus irgendeinem Grund nicht.“

„Vielleicht war ein Schuss, den wir aus der Höhle gehört haben, ja ein Schuss von ihm, und der Polizist ist deshalb so schnell wieder herausgekommen und hat den Eingang gesprengt.“

Mario überlegte.

Welche Möglichkeiten gab es noch? Sollten sie darauf hoffen, dass der Mann sich aus eigener Kraft aus der Höhle befreien würde?

„Vielleicht schafft er es ja alleine", sagte er schließlich.

„Dann sind wir wieder an dem Punkt, das hier einfach zu vergessen. Ich weiß nicht, ob ich das schaffe."

Dann sagte Francesco: „Wir könnten natürlich auch unseren Eltern alles erzählen."

„Ich glaube, das gäbe einen Riesenärger", sagte Mario. „Den will ich auch nicht unbedingt!"

„Ich hätte da noch eine Idee", sagte Francesco.

„Und?", fragte Mario.

„Wir gehen zum Pfarrer, erzählen ihm die ganze Geschichte und beichten, dass wir unsere Eltern belogen haben. Dann sind wir raus aus dem Ganzen."

Mario, der es nicht so mit der Kirche hatte, war von dieser Idee natürlich nicht begeistert. Aber, wenn er sich das genau überlegte, war das wahrscheinlich die einzige Möglichkeit, aus der Sache herauszukommen, ohne Ärger mit den Eltern zu bekommen, und ohne Albträume oder sonst so etwas.

„O.K.", sagte er. „Machen wir!"

7

Ricardo war am Morgen auf die Strada del Giardino in Richtung Senigallia gefahren. Sie führte hier über den Hügel in Richtung Osten. An der Einmündung der Strada di San Gaudenzio bog er links ab. Hier schlängelte sich die Straße den Hang hinab in Richtung der SS 360, an der das Gewerbegebiet lag, in dem der Bunker stand.

Er war gerade ein paar Meter auf der Gaudenzio, als er sah, dass ein Wagen der Carabinieri auf der rechten Seite stand. Ein Carabiniere stand auf der Straße und versperrte ihm den Weg. Ricardo hielt hinter dem Polizeiwagen an und fuhr die Scheibe runter. Der Carabiniere zog eine Pistole aus der Tasche:

„Aussteigen!"

Ricardo wollte gerade fragen, was denn los sei, aber der Carabiniere zielte jetzt auf seine Stirn.

„Aussteigen!", wiederholte er scharf.

Ricardo blieb nichts anderes übrig, als ihm zu gehorchen.

„Was ist denn los?", hatte er gefragt, als aus der Gegenrichtung ein Kurierdienstwagen angerauscht kam und mit quietschen Reifen anhielt. Der Carabiniere machte einen Sprung zur Seite und brüllte den Fahrer an:

„Was haben Sie hier so zu rasen?"

Der Fahrer, ein Schwarzer, schaute auf die Pistole, die der Carabiniere immer noch in der Hand hielt und fragte spöttisch:

„Werden Raser jetzt gleich an Ort und Stelle erschossen?"

„Nein!", rief der Carabiniere. „Wir jagen hier Drogenhändler. Und jetzt mach, dass du wegkommst!"

Währenddessen war aus dem Polizeiwagen ein Mann ausgestiegen, der einen feinen, sicher nicht billigen schwarzen Anzug trug.

Als Ricardo sein Gesicht sah, rief er:

„Danielo???"

Das konnte doch nicht sein! Danielo musste doch in seinem Bett liegen und schlafen!

‚Was wird hier für ein Spiel gespielt?', dachte Ricardo.

Hatte Ho ihn etwa reingelegt?

Nichts wie weg!

Schnell sprang er die Straßenböschung hinunter und rannte los.

Der Fahrer des Kleinlasters fuhr gerade an und rief dem Carabiniere noch zu:

„Beeil dich mal, vielleicht erwischst du den Kerl noch!"

Der Carabiniere schaute in die Richtung, wo Ricardo gestanden hatte, und fluchte:

„Dreckskerl!"

Dann rief er Danielo??? zu: „Sieh zu, dass du loskommst. Die Zeit wird knapp!"

Danielo??? stieg in das Zebraauto und fuhr los.

Ricardo war eingefallen, dass hier in der Nähe des kleinen Sees früher ein Stollen gewesen war. Vielleicht konnte er bis dahin kommen, bevor der Carabiniere ihn eingeholt hatte und sich in der Mine verstecken.

Der Carabiniere hatte ihn wohl zwischen den Bäumen laufen sehen und auf ihn geschossen, ohne aber zu treffen.

Ricardo lief zielstrebig zwischen den Bäumen hindurch ans Seeufer und bis an den Eingang zu der alten Mine.

Das Tor, das man hier vor Jahren angebracht hatte, lag angelehnt am Rahmen. Ricardo zog es auf und lief hinein.

Hinter dem Eingang war ein größerer Raum, von dem der eigentliche Stollen schräg nach rechts abging. Es platschte unter seinen Füßen, als er in den dunklen Gang rannte, aber nach wenigen Schritten hörte das Platschen auf und er hatte trockenen Boden unter sich.

Nach ein paar Metern war es so dunkel, dass man nicht mehr erkennen konnte, wohin der Stollen führte. Ricardo ging jetzt langsam weiter und versuchte, mit den Händen die Wände zu ertasten.

Dann spürte er rechts etwas, das sich nach Holz anfühlte.

,Sicher eine Leiter in einen oberen Gang', dachte Ricardo.

Inzwischen war der Carabiniere im Stollen angekommen; Ricardo hörte es platschen. Dann blieb der Carabiniere stehen und gab zwei Schüsse ab. Eine der Kugeln streifte Ricardos linken Arm und verschwand im Stollen, die andere hatte wohl eine Wand getroffen und flog ein paar Mal hin und her, bis sie auf den Boden fiel.

Ricardo hatte angefangen, die Leiter hoch zu klettern. Er wusste, dass das Holz hier schon lange morsch war. Er zog sich am Rahmen hoch und versuchte, mit den Füßen möglichst wenig Gewicht auf die Sprossen zu geben. Sein Arm schmerzte zwar, aber er konnte ihn noch normal bewegen.
Von der siebten Sprosse war schon nichts mehr übrig, und es war nicht so einfach, den Fuß von der sechsten auf die achte Sprosse zu bekommen, aber er schaffte es.
Als er ein Stück weiter nach oben gekommen war, spürte er, dass die Leiter aufhörte. Er sah zwar nichts, aber er konnte fühlen, dass hier ein Seitengang war. Sein Arm schmerzte jetzt noch mehr.
Vorsichtig stieg er von der Leiter in den Gang ab und blieb an der Seitenwand stehen.
Er hörte, dass sein Verfolger inzwischen näher gekommen war. Ein schwacher Lichtschein ging durch den Gang. Anscheinend hatte der Carabiniere sein Handy herausgeholt und die Taschenlampe eingeschaltet. Aber das Licht war so schwach, dass er sicher höchstens ein paar Meter weit sehen konnte.
Dem Lichtschein nach musste er die Leiter erreicht haben.
Ob er spürte, dass Ricardo ganz in der Nähe war?
Ricardo hörte das Knarren, als der Carabiniere die Leiter hinauf kletterte. Als er den ersten Fuß auf die achte Sprosse bekommen hatte und versuchte, sich weiter nach oben zu bewegen, gab die Sprosse nach. Der Carabiniere konnte sich nicht mehr halten und fiel auf den Stollenboden.
‚Das gönn ich dir!', dachte Ricardo.
Der Carabiniere schrie vor Schmerz auf, fluchte und hatte wohl keine Lust mehr, die Verfolgung fortzusetzen.
Ricardo hörte, dass er den Gang zurückging und auch das Platschen, als er den vorderen Bereich erreicht hatte.
Dann war für eine kurze Zeit Ruhe.

Plötzlich hörte Ricardo einen lauten Knall und eine Druckwelle fuhr durch den Stollen. Dann hörte er ein lautes Getöse aus der Richtung des Eingangs.

‚Hat der etwa den Eingang gesprengt?', dachte Ricardo entsetzt.

Das Getöse hörte auf, und es wurde ganz still.

Ricardo nahm Danielos Handy aus der Tasche. Das hatte er glücklicherweise in die Tasche gesteckt, als er in Danielos Auto gestiegen war, und es nicht im Auto abgelegt. Er hielt das Handy so, dass das Licht vom Display nach unten schien, und sah, dass die Leiter zwar stark beschädigt war, aber dass er es bis unten schaffen würde, wenn er vorsichtig war.

Wenn nur der Arm nicht so schmerzen würde!

Ein paar Minuten später war er unten und zurück zum Eingang gegangen. Als er sah, was sein Verfolger angerichtet hatte, wurde ihm klar, dass er es kaum schaffen würde, wieder lebend aus der Grube herauszukommen. Der steile Hang über dem Eingang, den man mit dicken Balken abgestützt hatte, war ins Rutschen gekommen und hatte den Zugang zum Stollen mit einem dicken Schutthaufen zugeschüttet. Nur rechts oben war noch eine klitzekleine Lücke, durch die man den Himmel sehen konnte.

Ricardo stand da und überlegte, was er jetzt tun sollte. Da bemerkte er, dass ein starker Luftzug durch die Lücke blies.

Ricardo dachte kurz nach:

‚Wenn die Luft hier so reindrückt, dann muss es doch irgendwo in der Grube eine Stelle geben, durch die sie nach oben ausströmt!'

Er prüfte den Akkustand des Handys; fast voll.

Dann schaute er nach, ob Danielos Handy auch eine Taschenlampe hatte. Er war erleichtert, als er einen kleinen Schalter an der Seite des Handys fand, mit dem er tatsächlich eine Taschenlampe einschalten konnte.

Als erstes leuchtete er seine direkte Umgebung ab.

‚Hey, was ist denn das?'

Ricardo hatte an der Seitenwand direkt neben dem Eingang zum Stollen eine Nische entdeckt. Der Boden lag etwa einen halben Meter über der Erde, die Nische war etwa einen Meter tief und bestimmt drei Meter breit. Was ihn aber fast zum Jubeln trieb war das, was er in der Nische sah:

Auf dem Boden lag eine alte Decke, dahinter waren ein paar kleine Wasserflaschen aufgestellt und daneben lagen zwei Keksrollen.

Noch besser: Rechts am Rand lagen zwei Taschenlampen, einfache Werkzeuge und sogar ein 10er-Pack Ersatzbatterien.

Anscheinend war jemand regelmäßig hier, um in der alten Mine nach etwas zu suchen.

Ricardo dachte gleich, dass das sicher nicht Profis waren, sondern bestimmt junge Bengel so wie er und sein Freund, damals, als sie die Gegend unsicher gemacht hatten.

Ricardo setzte sich auf die Decke, um zu überlegen, wie er jetzt am besten einen Weg nach draußen finden würde. Eigentlich müsste es reichen, immer dem Luftzug nachzugehen. Der müsste ihn zu einem Ausgang führen.

‚Hoffentlich ist das nicht nur so ein Kamin, wo kein Mensch durchpasst', dachte er.

Aber er hatte einmal gehört, dass man in den alten Gruben oft Lüftungsschächte nach oben getrieben hatte, die breit genug waren, dass man sie besteigen konnte, und wo man auch eine Art Leiter angebracht hatte, damit sie als Fluchtweg genutzt werden konnten.

‚Hoffentlich gibt es so etwas hier auch', dachte Ricardo. ‚Und hoffentlich hat man sie oben nicht so gesichert, dass man nicht mehr rauskommt!'

‚Ich muss es versuchen', dachte er.

Er glaubte nämlich nicht, dass er mit dem Werkzeug, das er hier gefunden hatte, in der Lage sein würde, den Schuttberg beiseite zu räumen, der jetzt den Ausgang versperrte.

Ricardo gähnte.

Wie lange hatte er jetzt nicht mehr geschlafen?

Gestern Morgen war er aufgestanden und am Abend zu Danielo gefahren. Dort hatte er die halbe Nacht im Auto gesessen und Danielo beobachtet, dann war er in das Haus eingedrungen, hatte Danielo betäubt, wieder gewartet und war danach zur Firma aufgebrochen.

Jetzt war es bald elf Uhr.

‚Nur ein kleines Nickerchen!‘, dachte er sich. Er legte sich in die Nische, drehte sich auf die Seite, deckte sich mit der Decke zu und schloss die Augen.

8

Spaccone war sauer.

„Ist Danielo immer noch nicht da?", fragte der Professor seinen Stellvertreter Guido Fedele.

„Nein. Der kommt wohl wie immer zu spät."

„Ausgerechnet heute! Ich glaube, der macht das absichtlich, um mich zu ärgern."

„Er ist doch eigentlich ein guter Mann! Aber seitdem seine Eltern bei diesem Unfall umgekommen sind, ist er nicht wiederzuerkennen. Immer noch eine Koryphäe auf seinem Arbeitsgebiet, aber menschlich ist er ein A... geworden. Sie wissen schon, was ich meine."

„Ja. Wenn er nicht der Sohn meines besten Freundes wäre, hätte ich ihn schon lange rausgeschmissen. Aber jetzt habe ich die Nase voll! Sagen Sie ihm, wenn er da ist, dass er morgen nicht mehr zu kommen braucht!"

„Also fristlos?"

„Fristlos!"

„Können wir denn auch ohne ihn unsere Maschine anwerfen?"

„Ich habe eben seinen PC hochgefahren, das Steuerprogramm gestartet und alles überprüft. Die Werte sind so, wie wir sie nach dem letzten Test festgelegt haben."

„Dann sollten wir jetzt runtergehen; die Mannschaft wartet sicher schon auf uns."

Fedele nickte, und sie machten sich auf den Weg.

Unten im Labor 1, wo die Maschine stand, wartete schon die ganze Belegschaft auf den Professor.

Er hatte extra ein Rednerpult aufbauen lassen, auf dem ein goldverzierter Knopf darauf wartete, dass man ihn drückte und damit die Maschine startete.

Der Professor nahm seinen Platz am Rednerpult ein und begann seine Rede.

Er liebte es, aus einem einfachen Vorgang wie dem Start der Maschine, so wie früher bei den entscheidenden Tests, ein besonders Ereignis zu machen.
Ein Tablett mit gefüllten Sektgläsern stand auch schon bereit.

„Liebe Kollegin, liebe Kollegen, heute ist ein besonderer Tag für uns …"
Die einzige Frau im Raum, Barbara, hatte Mühe, ihre Miene nicht zu verziehen. Sie hatte die Auftritte des Chefs anfangs belächelt, inzwischen wäre sie am liebsten aus dem Raum geflohen, wenn er seine grässlichen Ansprachen hielt. Aber sie verzog keine Miene und schaute geradeaus, so dass es den Anschein machte, als wäre sie mit ihren Gedanken voll dabei. Sie hatte gelernt, schnell zu reagieren, wenn er sie persönlich ansprach.
Der Einzige im Team, der sich nicht an die vom Chef gegebenen Verhaltensregeln hielt, war Danielo. Ein außerordentlich begabter Physiker, aber als Mensch war er eine Niete.
Anfangs hatte sie ihn nett gefunden. Er hatte sie auch mal ins Kino eingeladen. An das, was in der Nacht dann noch passiert war, wollte sie sich lieber nicht erinnern. Dann war er auch noch mit Verlobungsringen gekommen.
Sie hatte das Spiel zunächst mitgemacht, sich dann aber mehr und mehr zurückgezogen.
Gestern hatte er sie noch gefragt, ob sie nach der Arbeit mit ihm ausgehen wollte, aber sie hatte dankend abgelehnt. „Ich habe mich schon mit einer Freundin für ein Konzert verabredet", hatte sie gesagt. Dass die Freundin in Wirklichkeit ihre Geliebte war, und dass sie 'anders orientiert' war, das wusste weder Danielo noch sonst jemand in der Firma.
Barbara schaute zwar in Richtung des Treppenhauses, aber ihr Sehzentrum hatte sie abgeschaltet. So sah sie auch nicht, wie ein Schatten die Treppe hinaufhuschte und in Richtung der Büros verschwand.
Spaccone war mit seiner Ansprache kurz vor dem Ende.
Jetzt nahm er den Telefonhörer in die Hand und sagte:

„Herr Minister, wir sind soweit. Bitte geben Sie den Startschuss!“

‚Jetzt kommt sicher wieder so ein heroisierender Spruch‘, dachte Barbara.

Tatsächlich! Der Professor hatte die Hand auf den goldenen Knopf gelegt und sprach mit feierlicher Stimme:

„Ein kleiner Schritt für uns, aber ein großer Schritt für die Menschheit!“

Barbara verdrehte die Augen. Das war ihre letzte Aktion.

In der Maschine erschien ein gleißendes Licht, eine höllische Hitze breitete sich aus, fraß sich durch das Gehäuse, raste durch den ganzen Raum und verwandelte alles in Staub und Rauch. Die Zwischenwände lösten sich wie das Treppenhaus in Nichts auf. Es ging alles viel zu schnell, als dass jemand hätte reagieren und fliehen können.

Wenige Sekunden später waren nur noch die Außenwände übrig geblieben; alles andere war der Höllenglut zum Opfer gefallen.

Rund zweihundert Kilometer entfernt in Rom starrte der Minister seine Sekretärin an und stammelte:

„Houston, wir haben ein Problem!“

9

Als Danielo aufwachte, schaute er auf den Wecker. Er fühlte sich, als wenn er tagelang geschlafen hätte. Dabei hatte er doch die halbe Nacht wach gelegen.

Erst kurz vor acht Uhr?

Danielo hatte Durst, ziemlich viel Durst. Er stand auf und ging in die Küche, goss sich ein Glas Wasser ein und trank es in einem Zug leer.

Er hatte sich für die Küche vor einer Woche eine Funkuhr mit Datumsanzeige, Wecker und noch anderem Schnickschnack gekauft. Als er auf die Uhr sah, stutzte er.

‚2. Oktober?‘, dachte er.

Der große Tag sollte doch am 1. Oktober sein.

‚Ist die Uhr etwa schon kaputt?‘

Danielo schaltete die Nachrichten ein.

‚Mal sehen, was es neues gibt und wie das Wetter wird‘, dachte er.

In Rom gab es erneut eine Regierungskrise, auf Lampedusa waren schon wieder hunderte Flüchtlinge angekommen; alles das Übliche.

Dann kam die erste Meldung aus der Region.

„Bei dem Unglück in einem Gewerbegebiet in Senigallia gestern Vormittag sind nach Angaben der Bezirksregierung alle Mitarbeiter ums Leben gekommen. Die Feuerwehr konnte in den Trümmern des Gebäudes keine Überlebenden finden. Von offizieller Seite wurden noch keine Angaben zum Unglückshergang gemacht. Radio Ancona meldet, dass die Nachbarn ausgesagt hätten, es habe ein furchtbares Feuer gegeben. Die Hitze soll so groß gewesen sein, dass außer den Mauern aus Spezialbeton von dem Gebäude nichts übrig geblieben sei. Die Mitarbeiter der Softwarefirma auf der anderen Straßenseite zeigten sich von dem Unglück geschockt. Und nun zum Wetter."

Danielo hörte zwar weiter zu, aber alles ging einfach von rechts nach links durch seinen Kopf, ohne dass es im Gehirn ankam.

Wie in Trance ging er an seinen Kaffeeautomaten, zog sich einen Kaffee und setzte sich an den Küchentisch.
Eine halbe Stunde später hatte er gefrühstückt.
Hatte er gefrühstückt?
Das Geschirr stand benutzt da, Brot und Marmelade standen vor ihm.
Ja, er hatte gefrühstückt!

Er ging ins Bad und sah sich im Spiegel an.
‚Bin ich das wirklich?‘
‚Ja, ich bin es.‘

Danielo schüttelte sich.
Was war in den letzten Stunden passiert?

Es dauerte noch einige Zeit, bis Danielo verstanden hatte, was geschehen war.
Ihm fehlte ein Tag! Er konnte sich daran erinnern, dass er versucht hatte einzuschlafen. Und dann war er aufgewacht. Aber nicht im Heute, sondern im Morgen!
Er nahm einen Zahnstocher und pickte sich in die Hand. Das tat weh. Also träumte er nicht.
Er ging ans Fenster und sah vors Haus. Sein Auto stand nicht da.
Also war er doch zur Arbeit gefahren!
Nein, das konnte aber auch nicht sein, denn dann läge er ja tot in der Firma und säße nicht zu Hause in der Küche!
War er doch nicht zur Arbeit gefahren?
War er verrückt geworden?
Danielo schüttelte sich noch einmal. Dann ging er ins Bad und machte sich frisch.
Er ging wieder ins Schlafzimmer. Sein Butler war leer und auch seine Schuhe standen nicht mehr da.
War er doch zur Arbeit gefahren?
Nein, das konnte nicht sein, denn dann wäre er ja tot und nicht zu Hause.
Irgendwie passte alles nicht zusammen.
‚Ich muss hier raus und sehen, was wirklich los ist‘, dachte er.

Danielo zog sich ein Polohemd und eine einfache schwarze Jeans an und ging in die Garage im Keller.

Seine Motorradkleidung hatte er neben seinen Motorrädern in einem Spind. Er zog sich um, setzte den Helm auf und fuhr los.

Wohin sollte er fahren?

Er war schon ein ganzes Stück gefahren, als ihm klar wurde, dass er in die Richtung fuhr, wo das Labor gewesen war.

Schon auf den ersten Blick fiel ihm auf, dass das Dach weg war.

Vor dem Haus saßen zwei Polizisten auf Klappstühlen und spielten Karten.

Sein Auto stand vor dem Haus, und auch die Wagen der Kollegen, die üblicherweise mit dem Auto kamen, waren da.

„Was ist hier los?", fragte Danielo die beiden.

„Haben Sie nichts vom dem Unglück gestern gehört?" sagte der eine, der wegen seiner Körperfülle gerade auf den Klappstuhl passte, der bedenklich wackelte, wenn er sich bewegte.

„Nein, ich komme gerade aus der Schweiz und habe unterwegs keine Nachrichten gehört", sagte Danielo. „Ich fahre am besten mal zum nächsten Kiosk und hole mit eine Zeitung", sagte er dann und fuhr zurück in Richtung der SS360.

„Mach das", murmelte der Dicke und sie spielten weiter.

Danielo legte die Zeitung zur Seite.

Alles hatte sich von jetzt auf gleich geändert. Das Labor bestand nicht mehr, die komplette Mannschaft war ausgelöscht.

Sollte er jetzt einen Neuanfang wagen, seine Vergangenheit hinter sich lassen? Je mehr er über diese Option nachdachte, desto mehr gefiel ihm die Vorstellung, einfach alles fallen zu lassen und weg zu gehen, irgendwo hin, wo ihn keiner kannte, wo er frei war.

Wirklich frei war er nie gewesen.

Zuerst im Heim, wo sie zwar vieles durften, aber es strenge Vorschriften gab. Kein Gefängnis, aber doch das Gefühl, eingesperrt zu sein.

Die Jahre bei seinen Adoptiveltern waren eigentlich schön. Aber der Wunsch, seinem Adoptivvater zu zeigen, dass er das Zeug hatte, ein hervorragender Wissenschaftler zu werden, war immer mehr zur Last geworden.

Dann die Beziehung mit Barbara, die er geliebt hatte, die sich aber immer mehr zurückzog, so dass er kaum noch glaubte, dass sie ihn auch noch liebte.

Barbara.

Danielo schaute auf seine linke Hand. Der Ring war das einzige, was ihm von ihr geblieben war.

Ein paar Stunden später war sich Danielo sicher, dass ihn hier nichts mehr hielt, und er begann seine Zukunft zu planen.
Das Haus konnte er verkaufen, genau wie sein Auto; Kleidung hatte er im Überfluss, und ein kleines Barvermögen hatte er auch.
Er musste zwar noch einiges erledigen, aber das war in wenigen Stunden zu schaffen.

10

Mario und sein Freund hatten vereinbart, dass sie den Eltern erst einmal nichts von ihrem Abenteuer erzählen würden, und dass sie am Nachmittag versuchen wollten, mit dem Pfarrer zu sprechen.

Kurz nach fünf sagte Mario zu seiner Mutter: „Ich habe mich noch mal mit Francesco verabredet. Wir wollen zusammen einen Aufsatz für Biologie schreiben."

„Ist in Ordnung", sagte seine Mutter, „aber komm nicht zu spät nach Hause."

Als Mario bei Francesco ankam, wartete der schon vor der Tür auf ihn.

„Und, was hast du deiner Mutter gesagt?"

„Ich habe ihr gesagt, dass wir noch mal zum Pfarrer gehen, weil wir ihn noch was fragen wollen; wegen der heutigen Reli-Stunde."

Sie machten sich auf den Weg.

Meistens war der Pfarrer nachmittags noch einmal in der Kirche, um nach dem Rechten zu sehen. Montags kam er immer, weil von fünf bis sechs Beichtstunde war.

Als sie in die Kirche kamen, war diese ziemlich dunkel und leer. Francesco zeigte auf die brennende Kerze vor dem Beichtstuhl. Der Pfarrer stellte sie immer als Signal für die Gläubigen auf, damit sie wussten, dass er da war und dass sie mit ihm sprechen oder die Beichte ablegen konnten.

Francesco klopfte an die Beichtstuhltür.

Eine Lampe ging an.

„Francesco!", kam eine dunkle Stimme von drinnen. „Und Mario! Euch sehe ich aber selten hier. Was habt ihr denn ausgefressen?"

„Ausgefressen haben wir nichts", begann Francesco, „wenn man mal davon absieht, dass wir unseren Eltern nicht immer die Wahrheit sagen, wenn wir zusammen auf Tour sind."

Der Pfarrer lachte.

„Du willst mir aber doch nicht weismachen, dass ihr deshalb hergekommen seid. Das ist doch nichts Besonderes."

„Können wir beide in den Beichtstuhl kommen?", fragte Francesco.

„Na ja", antwortete der Pfarrer, „eigentlich kommt hier jeder einzeln rein. Aber ich mache mal eine Ausnahme."

Mario erzählte ihm, was bei ihrer Höhle passiert war. Der Pfarrer schaute die beiden immer wieder fragend an, sagte aber nichts. Als Mario erzählte, dass sie überlegt hatten, was nun zu tun sei, und dass sie ein großes Problem damit haben würden, den Mann in der Höhle seinem Schicksal zu überlassen, war der Pfarrer sichtlich beeindruckt.

„Also, wenn eure Geschichte wirklich genauso abgelaufen ist, und ihr mich nicht auf den Arm nehmen wollt, was ich euch aber nicht zutraue, dann kann ich verstehen, warum ihr nicht zur Polizei gehen wollt. So eine Geschichte kauft man euch garantiert nicht ab!"

Er dachte kurz nach, dann sagte er:

„Wisst ihr was - ich nehme das jetzt mal in meine Hand. In die Hand Gottes."

,Schlechter Scherz', dachte er, als er das gesagt hatte.

Die beiden Jungen hatten von der Geschichte mit Maradonna und der Hand Gottes natürlich noch nie gehört; dafür waren sie einfach zu jung.

,Zum Glück!', dachte er. In dieser Situation war es vielleicht nicht angebracht, Witze über die Hand Gottes zu machen.

Die Jungen schauten ihn an und merkten, dass er über eine mögliche Lösung des Problems nachdachte.

„Wisst ihr was?", sagte der Pfarrer dann, „ich kenne Caporione, den Chef der Carabinieri von Senigallia, ziemlich gut. Wir haben immer mal mit einander zu tun, wenn sich ein Ganove bei mir das Herz ausschüttet und ich für ihn bei der Polizei vermitteln soll.

Ihr geht jetzt brav nach Hause. Ich fahre gleich zur Polizei und spreche mit ihnen. Aber habt keine Angst; ich werde ihnen nicht sagen, wer hier bei mir war. Ich bin morgen früh wieder in der Schule, weil ich in der zweiten Klasse Religionsunterricht mache. Kommt in der ersten großen Pause zu mir; ich erzähle euch dann, was die Polizei zu eurer Geschichte gesagt hat."

Dann schickte er die Jungs nach Hause.

Als die Beichtstunde zu Ende war, machte er Pfarrer die Lichter in der Kirche aus, schloss das Haupttor ab, stieg in seinen Wagen und fuhr nach Senigallia zur Polizeiwache.

Smemorato begrüßte den Pfarrer, als er in die Polizeistation kam.

„Na, Hochwürden", sagte er, „war wieder so ein armer Hund zum Beichten bei Ihnen?"

„Nicht ganz", sagte der Pfarrer. „Ist der Chef da?"

„Ja", sagte Smemorato, „Caporione ist da. Ich sage ihm Bescheid, dass Sie hier sind."

Er nahm den Hörer, wählte seinen Chef an und sagte ihm, dass der Pfarrer mit ihm sprechen müsse.

Es dauerte nicht lange bis Caporione kam.

Sie setzten sich an einen Tisch, der für Besucher gedacht war.

„Herr Profano, was treibt sie hierher?"

Als der Pfarrer ihm die Geschichte von Mario und Francesco erzählt hatte, sagte Caporione:

„Heute Morgen war das? Aber wir hatten keinen Einsatz in der Gegend."

Er nahm das Telefon und wählte die Kollegen von der Stato an.

„Caporione hier! Hattet ihr heute Morgen einen Einsatz auf der Gaudenzio?"

Er hörte zu und nickte. „Danke, das war alles!"

Er wendete sich wieder dem Pfarrer zu.

„Stagnaio sagt, dass sie heute Morgen keinen Einsatz da oben hatten, und er weiß auch nichts von einem Einsatz irgendeiner anderen Einheit."

Caporione machte eine kleine Pause.

Er wollte gerade wieder etwas sagen, als Burattino hereinkam. Caporione hatte ihm ein paar Stunden freigegeben, weil er gleich zum Bunker fahren sollte. Die Stato hatte für die Nacht einen Mann angefordert, der die Unglücksstelle bewachen sollte, bis sie morgens die Untersuchungen fortsetzen wollte.

Burattino war für die erste Nachthälfte eingeteilt und der Kollege Nanonaso für die zweite.

Burattino ging zu Smemorato.

„Was habt ihr mit dem Schwarzen gemacht, den wir heute Morgen unten eingebunkert haben?", fragte er.

Smemorato wurde bleich.

„Moment", sagte er, nahm den Schlüssel für die Zelle im Keller und verschwand auf der Treppe.

Profano und der Pfarrer schauten sich an.

„Benzo und Totto haben heute Morgen auf der Via Enrico Mattei Radarkontrollen gemacht", sagte Burattino. „Da haben sie einen Kurierfahrer angehalten. Der ist da ziemlich rasant lang gefahren. Und als sie seinen Führerschein sehen wollten, fing er an zu pöbeln, hat was gelabert von 'erschießen' und anderes wirres Zeug. Die Kollegen meinten, dass er getrunken oder etwas geraucht hätte und haben ihn mit her gebracht."

„Und dann?"

„Dann haben sie ihn unten in die Zelle getan, damit er sich beruhigt."

Caporione wurde ziemlich laut:

„Sitzt der etwa immer noch da unten?"

„Ich glaube nicht mehr", sagte Burattino, der gesehen hatte, dass Smemorato zusammen mit dem Schwarzen die Treppe hoch kam.

Sie gaben ihm schnell etwas zu trinken.

Caporione schaute Smemorato finster an.

„Erklärung? Ich höre!"

„Der Kerl hat uns eine abenteuerliche Geschichte aufgetischt: Er wäre kurz vor Zehn auf der Gaudenzio unterwegs gewesen und hätte da beinahe einen Carabiniere umgefahren. Der stand mitten auf der Straße und sagte ihm, er hätte einen Dealer gestellt und hielt ihn mit der Pistole in Schach. Als die beiden miteinander geredet haben, ist der Dealer in Richtung der alten Kiesgrube abgehauen."

Caporione schaute den Schwarzen jetzt direkt an.

„Stimmt das alles?", fragte er.

Der Schwarze nickte.

Caporione schaltete schnell.

„Pass auf, schwarzer Mann. Du müsstest für deine Renneinlage mindestens 500 Euro zahlen, und der Lappen ist dann auch weg, wenn du überhaupt einen hast. Wenn du vergisst, dass du so lang da unten gesessen hast, vergessen wir deine Renneinlage. Wärst du mit dem Deal einverstanden?“

Der Schwarze schaute sich um. Die anderen Carabinieri schauten uninteressiert an die Decke, und der Pfarrer schien so sehr mit seinen Fingernägeln beschäftigt, dass er gar nichts mitbekommen hatte.

‚Nichts hören und nichts sehen‘ schien die Devise.

Der Schwarze überlegte kurz, dann schlug er ein und machte sich auf und davon.

„Das haben Sie aber clever gemacht“, sagte der Pfarrer grinsend zu Caporione.

„Ja, das war knapp“, sagte der.

„Ich fahre dann jetzt Nachtwächter spielen“, sagte Burattino. „Die von der Stato sind sich dafür ja zu schade.“

„Wenn du da heute Nacht viel Zeit hast“, sagte Caporione, „dann kannst du ja mal darüber nachdenken, warum ihr nicht bei der Stato seid. Ihr wart doch auf der gleichen Schule!“

Burattino sagte nichts und machte sich auf den Weg zum Gewerbegebiet.

Caporione sah den Pfarrer an.

„Haben Sie mitbekommen, dass sich die Geschichte von dem Schwarzen mit dem deckt, was die Jungen gesagt haben?“

„Ja.“

„Nun, wenn weder wir noch unsere Kollegen heute einen Einsatz in der Gegend hatten, dann können es keine echten Carabinieri gewesen sein, die da aktiv waren.“

„Mal davon abgesehen - ich kann mir beim besten Willen nicht vorstellen, dass ihre Leute mit einer Handgranate oder so was in der Hosentasche herum rennen und mal eben einen Dealer in die Luft sprengen!“

„Dann bleibt uns nichts anderes übrig, als den Jungen ihre Geschichte zu glauben“, sagte Caporione.

„Nur, wenn die Geschichte wahr ist, dann muss der Mann immer noch in dem Stollen sein und, wie die Jungen schon meinten, er wird da verrecken, wenn ihm nicht einer zur Hilfe kommt!"

Beide schwiegen und schienen sich ihre Gedanken zu machen, wie es jetzt weiter gehen sollte.

Schließlich sagte Profano:

„Ich habe eine Idee. In dem Gewerbegebiet, wo heute Morgen das Unglück passiert ist, da gibt es eine Firma, die Baumaschinen verkauft oder vermietet. Ich kenne Pala, den Chef, gut. Ich frage ihn, ob er uns für ein paar Stunden einen der Bagger und einen Baggerführer zur Verfügung stellt. Dann könnten wir den Stollen wieder freilegen. Vielleicht können wir den Mann ja noch retten!"

Caporione griff zum Hörer.

„Ich kenne Pala auch gut", sagte er. „Ich rufe ihn mal an; vielleicht erwische ich ihn noch im Büro."

Profano wartete gespannt, während Caporione mit Pala sprach.

„Pala sagt, dass er uns einen Bagger zur Verfügung stellen könnte. Er weiß aber nicht, wie lange man braucht, um den Stollen wieder frei zu schaufeln, wenn der Eingang wirklich komplett zugeschüttet ist. Das wird man erst sehen, wenn man da ist."

„Ist es denn noch hell genug?", fragte Caporione.

„Kaum", sagte Profano.

„Dann wird das heute aber nichts mehr", sagte Caporione.

„Bist du noch dran?", fragte er Pala.

„Wie sieht es denn morgen aus?"

Profano konnte nicht mithören, was er dann mit Pala besprach.

Als Caporione aufgelegt hatte, sagte er:

„Pala sagt, dass es schon einige Fälle gegeben hat, wo man ein paar Tage gebraucht hat, um verschüttete Bergleute zu bergen und hat trotzdem alle lebend raus geholt. Er schlägt vor, dass wir uns morgen Nachmittag um Vier da treffen, wo die Zufahrt zu den Gruben ist. Bis es dunkel wird, sollten wir es schaffen, so viel Schutt beiseite zu räumen, dass wir in den Stollen reinkommen.“

„Sollen wir die Jungen mitnehmen?“

„Ich glaube, das können wir machen. Ich werde auf jeden Fall zuerst in den Stollen gehen und nachsehen, was da drin los ist. Wir brauchen die Jungs ja nicht in den Stollen lassen, wenn da eine Leiche liegt.“

„Alles klar! Dann bis morgen.“

11

Am nächsten Tag waren Mario und Francesco sehr unaufmerksam. Der Lehrer hatte sie mehrfach gefragt, ob sie schlecht geschlafen hätten oder ob etwas Besonderes passiert sei. Dann war endlich Pause.

Die Jungen gingen zu den Lehrerzimmern. Der Pfarrer saß in seinem Zimmer und hatte auf sie gewartet.

„Wollt ihr wissen was ich mit dem Polizeichef gestern Abend noch besprochen habe?"

„Klar", sagte Mario.

„Caporione, der Polizeichef hat mit einigen Leuten telefoniert und herausbekommen, dass ihr wahrscheinlich Zeugen in einem Kriminalfall seid."

„Dann hat er uns die Geschichte geglaubt?", fragte Mario.

„Ja, und nicht nur das. Wir glauben auch, dass der Mann, der in den Stollen geflohen ist, noch da drin ist; so wie ihr vermutet habt."

„Und was soll jetzt passieren?", fragte Francesco.

„Wir werden heute Nachmittag mit einem Bagger hinfahren und versuchen, den Eingang frei zu schaufeln, um den Mann vielleicht aus dem Stollen zu retten."

Er machte eine kurze Pause und wartete die Reaktion der Jungen ab.

„Ihr dürft mitkommen, wenn eure Eltern nichts dagegen haben."

Mario war begeistert und auch Francesco strahlte.

„Wir treffen uns um vier Uhr an der Straße, da wo der Weg zu den Kiesgruben und zum See anfängt. Ich gebe euch nachher einen Brief an eure Eltern mit, wo drin steht, dass ich euch heute Nachmittag brauche und hole euch so gegen viertel vor Vier zu Hause ab. Geht das?"

Francesco überlegte kurz; dann sagte er: „Wenn Sie schreiben, dass Sie uns brauchen, werden meine Eltern sicher nichts dagegen haben."

Er schaute zu Mario. Der sagte nur:

„Wenn der Pfarrer bei uns ankommt und meinen Eltern sagt, dass er mich und Francesco für einen christlichen Einsatz braucht, dann werden sie sicher auch ja sagen."

Mario konnte es kaum abwarten. Er hatte seiner Mutter gesagt, dass der Pfarrer ihn abholen wollte und auch Francesco dabei sein würde. Sie war einverstanden.

Als Profano anhielt, sprang Francesco aus dem Wagen, um Mario an der Tür abzuholen. Marios Mutter grüßte den Pfarrer freundlich, dann brachen sie auf.

Am Treffpunkt wartete schon Pala auf sie.

„Giuseppe wird den Bagger fahren. Ich muss wieder ins Büro. Viel Erfolg!", sagte er und machte sich auf den Weg.

„Dürfen wir auf dem Bagger mitfahren?", fragte Mario.

„Lieber nicht", sagte Giuseppe. „Ich weiß nicht, wie gut ich hier vorankomme, da ist es besser, wenn ihr mit dem Pfarrer und dem Polizeichef hinter mir her geht."

Caporione trug einen normalen Anzug, so dass Mario und Francesco zuerst gar nicht gewusst hatten, wer der dritte Mann war.

Auf dem Weg zum Stollen ließ sich Caporione die Geschichte noch einmal von den Jungen erzählen. Sie kamen auch an der Stelle vorbei, wo die beiden sich versteckt hatten.

„Wisst ihr eigentlich, dass das eine ziemlich gefährliche Sache war?"

„Klar!", sagte Mario. „Als die Schüsse fielen, hatte ich riesige Angst."

„Und als ich dann von hinten kam, hat er sich sicher in die Hose gemacht."

Francesco grinste.

„Oder nicht?"

„Nein! Meine Hose hatte mit der Sache gar nichts zu tun", sagte Mario wütend.

„Ist ja schon gut – war doch nur ein Scherz."

„Du hättest doch an Marios Stelle bestimmt in die Hose gemacht", sagte Caporione und zwinkerte Mario zu.

Francesco zog es danach vor, keine Scherze mehr zu machen.

Inzwischen hatte es der Bagger am Seeufer vorbei bis zu der Stelle geschafft, wo einmal der Eingang zum Stollen gewesen war.

Mehrfach war er gefährlich in Schieflage geraten, und es hatte nicht viel gefehlt, dann wäre er in den See gekippt.

„Habt ihr jetzt gesehen, warum ich nicht wollte, dass ihr auf dem Bagger mitfahrt?"

Mario und Francesco nickten. Sie stellten sich vor, wie das gewesen wäre, kopfüber in den See zu fallen.

„Das sieht ja schlimm aus", sagte Giuseppe, als er sich den Schuttberg an dem Stollen ansah.

„Aber ich glaube, dass ich das in etwa einer Stunde hinkriege. Ihr geht am besten alle vier ein Stück zur Seite, damit ich hier ungestört rummachen kann."

Aus sicherer Entfernung schauten die beiden Männer und die beiden Jungen zu, wie Giuseppe zuerst den schräg hängenden Baum zur Seite schob und dann vorsichtig den Schuttberg zur Seite schaufelte. Mehrfach rutschte wieder ein Stückchen vom Hang nach, aber dann hatte Giuseppe es geschafft. Er hatte einen schmalen Durchgang geschaffen, durch den man wieder in den Stollen gehen konnte.

Caporione zeigte den anderen an, dass sie zurückbleiben sollten, zog eine Pistole aus seiner Jackentasche und ging einen Schritt in den Stollen hinein.

Er rief laut: „Wenn Sie noch hier drin sind, dann kommen Sie mit erhobenen Händen raus! Und keine Sperenzchen!"

Nichts geschah.

Caporione wartete geduldig eine Minute. Dann rief er noch einmal:

„Wenn Sie noch hier drin sind, dann kommen Sie mit erhobenen Händen raus!"

Wieder hörte man keinen Laut.

Dann ging Caporione mit vorgehaltener Pistole ein paar Schritte weiter.

Sie sahen, dass er eine Taschenlampe aus der anderen Jackentasche nahm, den Stollen vor sich ausleuchtete und langsam hineinging.

„Ich das nicht sehr gefährlich?", flüsterte Mario den anderen zu.

„Ich glaube, er weiß schon, was er tut", sagte Giuseppe.

Nach ein paar Minuten kam Caporione zurück und rief:

„Ihr könnt kommen. Ich glaube, die Luft ist rein."

Caporione leuchtete mit der Lampe die Stelle aus, wo die Jungen ihr Basislager hatte.

„Da hat wohl einer geschlafen", sagte Francesco.

„Und unsere Lampen sind weg, und gegessen und getrunken hat auch einer", sagte Mario.

Giuseppe hatte noch etwas anderes gesehen und gerochen.

„Und was man machen muss, wenn man gegessen und getrunken hat, hat auch einer gemacht."

„Aber wo ist er geblieben?", fragte Profano.

„Das habe ich auch schon raus", sagte Caporione. „Ein Stück weiter hinten ist ein senkrechter Stollen, so wie ein Kamin. Das ist ein alter Lüftungsschacht, und da ist auch so etwas wie eine Leiter, damit man im Notfall nach oben klettern kann."

„Den Schacht haben wir auch gesehen", sagte Mario. „Aber der war ganz dunkel, und als ich mit meiner Lampe reingeleuchtet habe, war der oben zu! Wir haben es uns gespart, da hoch zu kraxeln."

„Dann kommt mal mit", sagte Caporione.

Als sie an der Stelle ankamen, staunten die Jungen.

„Da kann man jetzt ja durchgucken!"

Mario wunderte sich.

„Überleg mal", sagte Giuseppe. „Wenn der falsche Polizist hier eine Bombe oder Granate oder so etwas gezündet hat, dann hat das mit Sicherheit eine mächtige Druckwelle gegeben. Ich würde wetten, dass da oben jetzt ein Loch im Boden ist, und dass daneben ein Deckel liegt, mit dem man das Loch abgedeckt hatte, damit keiner reinfällt."

„Dann lasst uns jetzt wieder hier rausgehen", sagte Caporione.

„Ich werde morgen meine Leute herschicken, damit sie die Spuren sichern, und den Stollen wieder zumachen."
Er schaute Mario und Francesco an.
„Ich will ja nicht, dass hier noch irgendetwas passiert."
Mario war sich nicht ganz sicher. Hatte er ihnen dabei zugezwinkert?
Dem Baggerführer sagte Caporione noch:
„Meinst du, wir können gleich noch eben oben auf den Hügel fahren und die Abdeckung wieder auf den Schacht legen?"
„Machen wir!", sagte Giuseppe.
Profano setzte die beiden Jungen wieder bei Mario ab und verabschiedete sich:
„Ich denke, ich werde demnächst bei den Großen einmal eine Unterrichtsstunde zum Thema 'Nächstenliebe und gegenseitiges Helfen' machen. Ich habe ja jetzt jemanden, den ich als Beispiel anführen kann."

Als er weg war, schaute Mario Francesco an.
„Wann machen wir unsere nächste Expedition in die Höhle?"
„Wir sollten ein paar Tage warten, bis die Polizei die Spurensicherung gemacht hat. Dann schauen wir mal nach, ob es was Neues zu sehen gibt. Abgemacht?"
„Abgemacht!"

12

Burattino war sauer. Jetzt musste er schon die zweite Nacht hier sitzen und den Nachtwächter spielen. Die Leute von der Stato hatten bei ihrem Chef Caporione nach dem Unglück Leute angefordert, die den Bunker Tag und Nacht bewachen sollten, bis die Ermittlungen abgeschlossen waren.

Am Montag war es innen noch zu heiß gewesen. Aber am Dienstag hatten sie in dem Haus da, wo wahrscheinlich das Hauptlabor mit den Maschinen gewesen war, einen Damenring gefunden.

'Danielo♥Barbara' war darin eingraviert. Der Ring hatte das Unglück anscheinend nur überstanden, weil er aus Platin war. Der Gold- und Silberschmuck, den die übrigen Mitarbeiter getragen hatten, war wohl in der Hitze geschmolzen.

Dann hatte eine Frau aus der Softwarefirma ausgesagt, dass Danielo und Barbara zwei Mitarbeiter im Bunker gewesen waren. Und jetzt wollten die Leute von der Stato unbedingt auch noch den zweiten Ring finden. Weil sie ganz wichtige Ermittlungen machen mussten, hatten sie Caporione um Amtshilfe gebeten. Der hatte dann Burattino und den Kollegen Nanonaso dazu verdonnert, nachts Wache zu schieben.

„Dafür sind sich die von der Stato wohl zu fein", hatte er geschimpft, als Caporione sie dafür eingeteilt hatte.

„Denkt mal darüber nach, warum ihr hier bei den Carabinieri seid und nicht bei der Stato", hatte der Chef gesagt. „Ihr habt doch die gleiche Schule besucht. Ihr könnt doch froh sein, dass man euch nicht zur Municipale[1] geschickt hat!"

‚Unverschämt', hatte Burattino gedacht.

‚Das kriegst du wieder!', hatte er sich geschworen.

‚Warum sind Sie dann nicht Chef bei der Stato geworden?', würde er ihn fragen.

---

[1] Municipale ist die unterste Polizeibehörde, vergleichbar mit dem Ordnungsamt in Deutschland.

Caporiore hatte wenigstens dafür gesorgt, dass am Tag die Municipale die Wache übernommen hatte. Jetzt saß er hier und konnte nur warten, bis ihn Nanonaso ablösen würde.

Es war kurz vor Neun, das hieß, dass er noch vier Stunden vor sich hatte. Sie hatten sich darauf geeinigt, dass er die erste Schicht von sieben bis ein Uhr übernahm und Nanonaso die zweite bis zum Morgen.

Der Wolken waren ziemlich dicht; die Sonne war fast den ganzen Tag nicht zu sehen gewesen. Jetzt wurde es langsam auch noch diesig.

‚Dann wird es wenigstens nicht so kalt', dachte sich Burattino.

Wenn es nachts klar war, konnte es schon ziemlich kühl werden.

Die Kollegen von der Municipale hatten ihm zwar einen Klappstuhl stehen lassen, so ein Ding, auf dem sie sonst schon mal saßen, wenn sie eine Radarkontrolle machten; aber lange konnte man da nicht drauf sitzen.

Er war auf die andere Straßenseite gegangen, wo die Softwarefirma war. Da standen Tische und Stühle, auf denen die Leute ihre Pausen machten. Die waren viel bequemer.

‚Die haben Geld für so was', hatte er gedacht. ‚Wir können ja froh sein, dass wir die Uniformen nicht noch selber bezahlen müssen!'

Burattino hatte sich einen Ebook-Reader mitgenommen. Jetzt las er einen Krimi. Ab und zu schaute er hinüber. Die Leute von der Softwarefirma hatten das Haus gegenüber immer 'Bunker' genannt. Das passte irgendwie. Deshalb hatten sie das einfach übernommen. Wie sollten sie dieses komische Haus auch sonst nennen?

Inzwischen war es dunkel geworden.

‚Diese Ebooks sind wirklich praktisch', dachte Burattino. Wenn der Akku voll genug war, konnte man die ganze Nacht über lesen, selbst wenn es dunkel war.

Das hatte er auch auf der Wache schon einige Male gemacht.

Er schreckte auf. Was war das?

Etwas hatte sich vor dem Bunker bewegt. Knapp über dem Boden leuchteten zwei grüne Augen auf und verschwanden im Bunker.

‚Blöde Katze', dachte er.

‚Die frisst jetzt sicher alle Beweismittel auf!'

‚Egal!'

Inzwischen war es kurz vor Mitternacht. Mittlerweile war es so diesig geworden, dass Burattino gerade noch die nächste Straßenlaterne sah. Caporione hatte die Verwaltung gebeten, dass sie die Straßenbeleuchtung nicht wie sonst üblich nachts ausschalteten; sonst wäre es hier ganz dunkel gewesen. Er schaute noch mal nach links und rechts.

Was war das jetzt schon wieder?

Diesmal war aber kein grünes Licht zu sehen. Aus Richtung der SP360 sah er zwei schwache rote Lichter auf sich zukommen.

Er stand auf.

Jetzt waren die Lichter wieder weg.

Er wollte sich gerade wieder hinsetzen, da sah er die Lichter wieder; dieses Mal etwas näher.

Kollegen hatten erzählt, dass Leute in der Gegend eine sehr große schwarze Katze gesehen haben wollten. Einen Panther oder so etwas.

Burattino merkte, dass ihm ein leichtes Kribbeln durch den Körper fuhr. War an der Geschichte etwa was dran?

Jetzt waren die roten Lichter wieder weg.

Burattino hatte so angespannt in die Richtung der Lichter geschaut, dass er nicht bemerkt hatte, dass ein schwarzer Schatten hinter dem Bunker aufgetaucht und in ihm verschwunden war.

Kurz darauf sah er die roten Lichter noch einmal, aber diesmal schienen sie weiter weg zu sein.

Dann waren sie wieder ganz verschwunden.

Burattino hatte auch nicht bemerkt, dass der schwarze Schatten den Bunker wieder verlassen hatte und hinter ihm verschwunden war.

Als sich kurz vor Eins weiße Lichter aus Richtung der SS360 näherten, war Burattino erleichtert.
Kurz darauf stieg Nanonaso aus dem Streifenwagen.
„Das ist ein Verstoß gegen die Vorschrift 08/15! Wir sollen doch direkt vor dem Bunker sitzen!"
„Hast du schon mal eine halbe Nacht auf diesen Schrottstühlen gesessen?", fragte Burattino.
„Nein, Gott sei Dank noch nicht", sagte Nanonaso.
„Und, wie viele Ganoven wollten den Bunker leer räumen?"
„Keiner! Eine Katze hat sich da gestern Abend rein geschlichen. Ich weiß gar nicht, ob sie immer noch drinnen ist."
„Die hat inzwischen sicher alle Beweismittel aufgefressen!"
‚Zwei dumme, ein Gedanke', dachte Burattino.
„Vor zwei Stunden war noch etwas, aber ich weiß nicht, was da los war."
„Erzähl!"
„Also, ich saß hier und las mein Buch…"
„Noch ein Verstoß gegen die Vorschriften!", fiel ihm Nanonaso ins Wort und lachte.
„Aber erzähl weiter!"
„Also, ich saß hier und las mein Buch", wiederholte Burattino, „da sah ich aus der Richtung, aus der du jetzt auch gekommen bist, zwei rote Lichter auf mich zukommen. Nicht grüne, wie bei der Katze, rote!
Dreimal sind die da aufgetaucht, mal näher, mal weiter weg. Wie weit weg sie waren, kann ich nicht sagen, dafür ist's zu diesig. Danach habe ich sie nicht mehr gesehen. Ich hab' wirklich Angst bekommen. Ich musste da an die Geschichte mit der großen schwarzen Katze denken, die in der letzten Zeit angeblich mehrmals gesehen worden ist. Stell dir vor, du sitzt hier friedlich, und plötzlich hast du einen Panther auf dem Schoß!"
„Du machst mir ja richtig Mut", sagte Nanonaso spöttisch.

„So'n Panther frisst dich doch sicher gleich an Ort und Stelle auf", erwiderte Burattino.

„Danke", sagte Nanonaso, „ist doch nett, wenn man so liebe Kollegen hat."

Aber er kannte Burattino schon zu lange, um ihm solche Scherze übel zu nehmen.

„Erzähl das aber bloß nicht dem Chef. Wenn der das hört, glaubt er, dass du im Dienst etwas getrunken hast und schickt dich doch noch zur Municipale!"

Nanonaso war erleichtert, als am Morgen endlich die Kollegen von der Stato kamen.

„Gab es was Besonderes?", fragte Rialzato, der die Untersuchungen leitete.

„Mein Kollege sagte, dass kurz vor Mitternacht eine Katze da rein geschlichen ist."

„Sonst nichts?"

Nanonaso überlegte, ob er die Geschichte mit den roten Lichtern erzählen sollte, entschied sich dann aber dagegen.

‚Wer weiß, was die daraus machen', dachte er.

„Dann gehen wir jetzt mal rein, und schauen nach, ob diese doofe Katze noch da drin ist. Aber ich sag dir eins: Wenn das Vieh uns wichtige Beweise stibitzt hat, dann gibt's Ärger!"

„Ich fahre dann", sagte Nanonaso und dachte: ‚Drei Dumme...'

Rialzato und seine Kollegen von der Spurensicherung machten sich gleich an die Arbeit. Es dauerte nicht lange, da rief Stagnaio, der die Keramikstücke, die von den Toilettenanlagen übrig geblieben waren, untersuchte:

„Hier, ich hab ihn!" und hielt einen Ring in die Höhe.

„‚Danielo und Barbara' steht drauf."

Rialzato sah sich den Ring an. „Du meinst ‚Danielo♥Barbara'. Ein 'und' sehe ich nicht."

„Sei nicht so pingelig", sagte Stagnaio. „Sei froh, dass der Ring nicht noch voll,..., du weißt schon, was ich meine. Der lag nämlich im Rest einer Kloschüssel!"

„Dann ist wohl klar, dass dieser Danielo auch im Haus war. Was meinst du, wie der Ring da hinten hingekommen ist?"

„Ich habe von den Leuten gegenüber gehört, dass dieser Danielo ein ziemlich spezieller Typ war und seinen Chef ganz schön genervt hat. So wie sich das anhörte, könnte ich mir denken, dass der Typ lieber aufs Klo gegangen ist, als sich das Geschwafel seines Chefs anzuhören."

„Wie meinst du das?"

„Die Leute haben mir erzählt, dass er so ein Wichtigtuer war. Er muss sogar den Minister am Telefon gehabt haben, als das hier passiert ist. Was meinst du, warum wir so schnell die Anweisung hatten, dass hier alles abgeriegelt und haarklein untersucht wird?"

„Dann können wir jetzt sicher nach Hause fahren, oder?", fragte Stagnaio.

Rialzato zögerte nicht lange.

„Klar! Es ging ja nur noch um den Ring. Falls es hier noch was anderes gab, hat das doch eh die Katze gefressen. Ich gehe noch eben rüber und sage den Leuten, dass wir hier fertig sind, dann können wir los!"

13

Nanonaso meldete sich brav bei Caporione.

„Chef, ich bin zurück."

„Sie kommen aber spät", sagte Caporione.

„Ich war noch schnell im Supermarkt und habe mir was zu essen besorgt."

„Schnell? Vor einer Stunde hat Rialzato von der Stato angerufen und gesagt, dass sie fertig sind. Ihr werdet am Bunker nicht mehr gebraucht."

„Dann können wir wieder in unseren normalen Plan zurück?"

„Klar! Ich fahre jetzt noch mal da rüber."

„Darf ich fragen warum?"

„Geht Sie nichts an."

„O.K.", sagte Nanonaso und machte sich auf den Heimweg. Das Bett wartete!

Caporione hatte auf der Fahrt vor sich hin geschimpft, und er war immer noch stinkig, als er vor der Softwarefirma parkte.

Der Nebel hatte sich verzogen und die Sonne schien. Es war für diese Jahreszeit sogar angenehm warm.

Ein junger Mann und eine junge Frau saßen an einem Bistrotisch und unterhielten sich.

„Morgen zusammen. Ich will ihren Chef sprechen!", sagte Caporione.

„Ihre Kollegen haben uns doch gesagt, dass die Ermittlungen abgeschlossen sind. Was gibt's denn noch?", fragte Silvia.

„Das waren die Leute von der Staatspolizei. Ich bin der Chef der Carabinieri hier in Senigallia und will den Chef sprechen!", erwiderte Caporione harsch.

„Dann sind Sie bei mir schon richtig", sagte Silvia und grinste.

„Sie wollen mir doch nicht im Ernst erzählen, dass Sie hier der Chef sind!"

„Doch!"

Silvia kostete die Situation aus.

‚Der könnte doch ein bisschen freundlicher sein!', dachte sie.

Caporione schien schon einen dicken Hals gehabt zu haben, als er kam. ‚Jetzt braucht er sicher Kragenweite 50‘, dachte Alfredo.

„Herr Buonista und die Kollegen sind für den Rest der Woche auf einer Messe und stellen da ihre neuesten Entwicklungen vor“, sagte Silvia und zeigte dann auf Alfredo.

„Herr Arrivato hat erst am Montag angefangen, und damit bin ich die Dienstälteste hier. Also bin ich jetzt der Chef; ich meine die Chefin!“

‚Hast du gut gemacht‘, dachte Alfredo und lächelte freundlich.

„Das heißt mit anderen Worten, Sie können mir gar nichts über die Leute sagen, die gegenüber gearbeitet haben? Haben die Kollegen von der Stato Sie denn wenigstens befragt?“

„Die wollten nur wissen, wem die Ringe gehörten, die sie gefunden haben. Aber wir hätten auch nicht viel sagen können. Wir kannten die Leute kaum“, sagte Alfredo. „Wir haben am Montag nach dem Unglück zusammen gesessen, und da hat uns Herr Buonista ein paar Sachen erzählt. Aber er konnte eigentlich auch nur etwas über das Haus sagen.“

Caporione gab sich noch nicht zufrieden.

„Es geht mir um Folgendes:

Es sind ja alle Autos da, die sonst auch immer da stehen. Also gehen die Kollegen von der Stato davon aus, dass auch alle im Haus waren, als das Unglück passiert ist. Ich finde das ein bisschen zu kurz gedacht.“

Silvia hatte mitbekommen, dass die Leute von der Stato, wie sie Caporione nannte, die 'einfachen Carabinieri' für minder qualifiziert hielten. Anscheinend fühlte sich Caporione zu höherem berufen und wollte zeigen, dass er mehr drauf hatte, als 'die von der Stato'.

„Wie meinen Sie das mit 'zu kurz gedacht'?“, fragte Silvia.

„Wissen Sie, an was da gearbeitet wurde?“

„Offiziell an Druckern“, sagte Alfredo. „Aber der Kollege Valpone meinte, dass da an einem geheimen Projekt für die Regierung gearbeitet wurde.“

„Sehen Sie, genau deshalb meine ich nämlich, dass die Stato zu kurz gedacht hat. Stellen Sie sich vor, unter den Mitarbeitern wäre ein Spion oder Saboteur gewesen. Der hätte doch die Katastrophe absichtlich herbeiführen können."
„Und sich dann als Märtyrer geopfert?", fragte Alfredo.
„Hätten Sie mitbekommen, wenn einer schnell das Haus verlassen hätte, bevor das passiert ist?"
„Nun, ich habe gesehen, dass einer sehr spät gekommen ist. Aber ich denke, dass alle da waren!"
Alfredo war sich jetzt aber auch nicht mehr sicher.
„Wir sind halt davon ausgegangen, dass alle da waren."
„Sehen Sie! Aber wissen ist doch was anderes", sagte Caporione triumphierend. „Wir können das also nicht hundertprozentig sicher sagen. Sicher sein können wir eigentlich nur bei den beiden, deren Ringe wir gefunden haben! Wie hießen die noch?"
Silvia überlegte, ob sie Caporione sagen sollte, dass sie ein wenig mehr über die beiden wusste. Eigentlich war Caporione nicht nett genug gewesen.
„Sie meinen Danielo und Barbara."
„Sie kennen die beiden mit Vornamen?"
Caporione war überrascht und auch Alfredo schaute Silvia erstaunt an.
Silvia klärte die beiden Männer auf:
„Ich habe die Frau, also die Barbara, einmal zufällig in einer Boutique unten am Corso Il Giugno getroffen. Sie war eigentlich ganz nett, auch wenn sie immer ziemlich zurückhaltend daherkam. Wir haben dann noch einen Espresso zusammen getrunken."
Caporione war jetzt neugierig geworden.
„Und, was hat sie so alles erzählt?"
„Ich weiß nicht, ob ich das alles sagen darf."
Sie schaute Alfredo an. Der zuckte mit den Schultern und sagte:
„Ich kann es für mich behalten. Und außerdem - solange du nichts Schlechtes über sie sagst..."
„Also gut", sagte Silvia. „Die beiden waren eigentlich gar kein Paar. Danielo hatte sie einmal überredet, mit ihr ins Kino zu

gehen. Danach haben sie noch ordentlich etwas getrunken, und, wie das schon mal ist, sind sie dann bei Danielo im Bett gelandet.“

Die Männer schienen Näheres wissen zu wollen.

Silvia tat ihnen den Gefallen und erzählte, was sie sonst noch wusste.

„Sie sagte, das wäre ein Unfall gewesen, und dass sie eine Freundin hätte.“

„Eine Freundin?“, fragte Caporione erstaunt.

„Ja, Freundin. Sie war wohl eher ’anders orientiert’, oder wie man sagt.“

Caporione war erstaunt.

„Eine Lesbe, meinen sie.“

„Kann man vielleicht so sagen. Aber sie war sich wohl selber nicht sicher, wohin die Reise gehen sollte. Danielo hatte anscheinend viel Geld und den Job gar nicht nötig. Er hatte in der Nähe eine schicke Villa, lief immer in besten Klamotten rum, und sein Auto, Sie können ja mal rüber schauen“, sagte sie und zeigte auf den Sportwagen im Zebralook. „Dafür muss man sicher auch eine sechsstellige Summe hinblättern.“

„Nun“, sagte Caporione, „sie wäre sicher nicht die Erste, die einen Mann nur wegen der Kohle heiratet.“

Silvia konnte sich das bei Barbara nicht vorstellen.

„Ich glaube, so weit wäre sie nicht gegangen! Aber das ist jetzt eh alles nur noch Konjunktiv.“

„Was passiert denn jetzt mit den Autos?“, fragte Alfredo. „Die können doch nicht ewig da stehen bleiben.“

„Wir werden vom Ministerium sicher eine Liste bekommen, wer da drüben gearbeitet hat, und dann werden sich irgendwann die Angehörigen melden und die Wagen abholen oder abholen lassen.“

Caporione stand auf.

„Wenn Ihnen noch etwas einfällt, können Sie mich ja informieren.“

Dann fuhr er weg.

„Ich glaube, der will noch Karriere machen", sagte Alfredo. „Was machst du eigentlich heute Abend? Ich will ins Kino. Da läuft ein neuer Blockbuster an. Hast du Lust mitzukommen?"
„Ich heiße aber nicht Barbara!", sagte Silvia lächelnd.
„Und ich habe keine Villa und keinen Sportwagen", sagte Alfredo. „Noch nicht", fügte er schmunzelnd hinzu.
„Und lesbisch bin ich auch nicht!"
„Umso besser", sagte Alfredo.
„Kommst du mit?"
„Abgemacht!"

14

Als Ricardo von seinem kleinen Nickerchen aufgewacht war und auf das Handy sah, musste er feststellen, dass er fast zehn Stunden geschlafen hatte. Er nahm sich ein paar Kekse, trank eine der Wasserflaschen fast leer und erleichterte sich in einer Ecke.

Dann nahm er die Taschenlampen und machte sich auf den Weg. Er ging durch den Hauptgang immer dem Luftzug nach. Kurz hinter der Stelle, wo er über die Leiter in den Seitengang geklettert war, merkte er, dass der Luftzug aufhörte. Er leuchtete nach oben und sah, dass hier ein Schacht senkrecht nach oben ging. Eine Holzleiter gab es zwar nicht, aber in regelmäßigen Abständen waren kleine Nischen in die Seitenwand geschlagen, die man als Leiter nutzen konnte.

Er schaute sich um. Ein paar Meter weiter lag eine Leiter auf der Seite; die war gerade so lang, dass sie vom Boden bis knapp in den Stollen reichte. Die Leiter wackelte zwar bedenklich, als Ricardo nach oben kletterte, aber sie hielt. Jetzt sah er auch, dass an der Seite mit den Trittnischen auch kleine Eisenbügel an der Wand angebracht worden waren.

‚So sieht also der Notausgang aus‘, dachte er.

Er war schon ein ganzes Stück hinauf geklettert, als er oben etwas funkeln sah.

„Ein Stern!"

Ricardo war froh, als er den Ausgang erreicht hatte. Die Eisenplatte, mit der man den Schacht abgedeckt hatte, war durch die Druckwelle hoch gedrückt worden und lag einen halben Meter neben dem Loch. Ricardo wollte sie wieder an ihren Platz legen, aber die Platte war ziemlich schwer und sein Arm schmerzte nach dem Aufstieg zu sehr.

‚Dann will ich mal hoffen, dass keiner hineinfällt‘, dachte er.

Er wurde schon fast wieder hell, als Ricardo zuhause ankam. Es war doch weiter, als er gedacht hatte. Wenigstens hatte der Mond so hell geschienen, dass er den Weg gefunden hatte, ohne sich zu verlaufen.

Seine Wunde hatte schon nicht mehr geblutet, als er von seinem Nickerchen aufgewacht war. Er schmierte sie mit einer Wundsalbe ein, legte sich auf sein Bett und schlief.

Als er am frühen Nachmittag wieder aufwachte, zog er die schmutzigen Sachen aus, duschte sich und zog frische Sachen an. Über die Strada Berardinelli und die Strada della Marina ging er ins Gewerbegebiet zu dem Supermarkt, in dem er meistens einkaufte.
Er deckte sich mit dem Nötigsten ein und ging weiter ans Meer.
In einer Pizzeria an der Promenade gönnte er sich ein paar Gläschen Wein, aß eine Pizza und überlegte, wie es jetzt weiter gehen sollte.
Er hatte noch einiges von dem übrig, was ihm Ho für den Auftrag vorab gegeben hatte. Aber was dann? Sollte er sich sein Geld wieder bei leichtsinnigen Leuten holen?
Das war nicht das, was er sich für den Rest seines Lebens vorgestellt hatte.
Einen neuen Job zu finden war schwierig!
Auf dem Heimweg kam ihm die Idee, dass er vielleicht diesen Ho melken könnte.
Aber erst morgen!

Ho saß wie üblich vor seinem Schreibtisch, als das Diensttelefon klingelte. Die Nummer dieses Apparats kannten nur wenige seiner engsten Mitarbeiter.
„Ho", meldete er sich wie immer.
„Können wir sprechen?"
Ho erkannte die Stimme sofort. Es war die seines obersten Chefs. Instinktiv richtete er sich kerzengerade auf, als wenn er zum Appell angetreten wäre.
„Gerne. Um was geht es?"
„Was ist mit diesem Projekt, Code Duplo, passiert?"
„Nun", sagte Ho, „wir waren erfolgreich."
„So, wie wir es besprochen hatten?"
Ho konnte sich denken, dass sein Chef irgendetwas vom Verlauf der Aktion mitbekommen hatte. Sonst hätte er anders gefragt.

„Reden wir nicht um den heißen Brei rum. Wir waren insofern erfolgreich, dass diese Maschine zerstört wurde. Leider gab es Kollateralschäden.“

„Stimmt es also, dass Sie das halbe Gewerbegebiet verwüstet haben?“

„Nein nein! Das wäre maßlos übertrieben. Die Reaktion, die wir ausgelöst haben, war nur ein wenig stärker, als wir gedacht haben.“

„Ein wenig stärker, sagen Sie?“

„Ja. Das Gebäude ist von außen gesehen fast unversehrt geblieben. Nur innen drin sah es halt ein wenig anders aus als gedacht. Da hat sich alles in Staub aufgelöst, was nicht aus Beton war. Leider auch die Leute, die da gearbeitet haben.“

„Unser Mann auch?“

Ho schluckte einmal, dann antwortete er:

„'Unser Mann' wäre übertrieben. Ich hatte zufällig mitbekommen, dass unsere Zielperson einen Zwillingsbruder hatte, von dem er gar nichts wusste. Den hatte ich für diese Aktion verpflichtet, und es hat ihn wohl erwischt. Also kein großer Verlust für uns.“

„Und die Wissenschaftler, die da gearbeitet haben, die sind alle tot?“

„Ja, leider. Ich hatte mir auch gewünscht, dass sie das Projekt fortsetzen. Schließlich hätten wir in absehbarer Zeit auch von den Ergebnissen profitieren können.“

„Das wird jetzt wohl nichts mehr! So wie wir es mitbekommen haben, hat der zuständige Minister das Projekt fürs Erste auf Eis gelegt.“

„Wie ich schon sagte, finde ich das sehr schade“, sagte Ho.

„Kann es sein, dass sich unsere Wissenschaftler bei der Berechnung der Manipulation, die wir vorgenommen haben, verrechnet haben?“

„Eigentlich nicht. Sie hatten uns ja über Monate die Daten geliefert; da konnte man schon gut mit rechnen. Halten Sie es für möglich, dass noch jemand anderes seine Finger im Spiel hatte?“

„Das glaube ich nicht. Dann müsste man ja auch uns oder Sie ausspioniert haben. Ich glaube eher, dass sich unser Mann vertan hat. Sie müssen wissen, das war ein einfacher Arbeiter. Mechaniker, hat er mir erzählt. Vielleicht war er mit dem Job doch überfordert."

„Dann sehen Sie zu, dass Sie bei den nächsten Aktionen die Leute besser aussuchen! Ich melde mich bei Bedarf wieder bei Ihnen", sagte der Chef noch und legte auf.

Ho war erleichtert. Der Chef war gnädig mit ihm umgegangen. Solche Fehler hatten andere schon den Kopf gekostet.

Er hatte es sich gerade wieder in seinem Stuhl bequem gemacht, als das Telefon wieder klingelte. Diesmal war es der Apparat, über den er mit seinen Leuten sprach.

„Büro Ho", meldete er sich.

„Ricardo hier."

„Ricardo?", fragte Ho erstaunt. „Ich, eh, ich dachte…"

„Sie dachten, ich bin tot?"

Ho schluckte.

„Sie leben noch?"

Ho überlegte, wer noch von der Aktion gewusst hatte. Wollte ihn jemand austricksen?

„Ja, ich lebe noch! Und ich denke, wir müssen uns noch mal über die Aktion, für die Sie mich angeheuert haben, unterhalten."

Ho überlegte lange.

„Sind Sie noch da, oder sind Sie von Ihrem schönen Stuhl gefallen?", fragte Ricardo spöttisch.

„Nein nein, ich bin noch da. Ich war nur kurz sprachlos. Was wollen Sie denn mit mir besprechen?"

„Ich glaube, ich habe noch einen gut bei Ihnen."

Von Ho kam keine Antwort.

„Ich will das nicht hier am Telefon besprechen. Und zu Ihnen kommen will ich auch nicht. Das ist mir zu gefährlich."

„Meinen Sie, ich tu Ihnen was?"

„Was würden Sie denn an meiner Stelle meinen?"

Ho schwieg. Er hatte schon, als sie den Vertrag geschlossen hatten, überlegt, ob Ricardo nach Ende der Aktion nicht ein zu großes Risiko für ihn wäre.

„Gut, also was schlagen Sie vor?"

„Unten in Senigallia gibt es an der Piazza Roma ein Café, del Corso heißt das. Da können wir uns treffen. Am besten Freitagmorgen. Dann ist dort nicht so viel los. Und da fühle ich mich sicherer als in Ihrem Büro."

„Sie trauen mir nicht?", fragte Ho.

„Nach dem, was ich bisher erlebt habe - nein!"

Ho zögerte. Dann sagte er Ricardo, dass er einverstanden sei.

„Geht doch", sagte Ricardo und legte auf.

Ho dachte lange nach. Der Ärger mit seinem Chef war glimpflich abgelaufen. Jetzt der Ärger mit Ricardo, wo er noch nicht einschätzen konnte, was ihn erwartete.

Am Freitagmorgen ging er zu dem Café.

„Guten Morgen", sagte Ho.

„Guten Morgen", sagte auch Ricardo.

Ho schaute sich um. Außer ein paar Männern, die in einer Ecke saßen und ihren Cappuccino schlürften, war das Café leer.

„Das sind Freunde von mir", sagte Ricardo. „Die hören und sehen nichts von dem, was wir hier zu bereden haben; sie passen nur auf, dass keinem von uns was passiert."

Ho nahm die Männer kurz ins Visier, dann sagte er:

„Kann ich mich darauf verlassen?"

„Ehrenwort!", sagte Ricardo.

„So so", sagte Ho. „Ehrenwort. Also, was gibt es zu bereden?"

Ricardo senkte jetzt seine Stimme, weil auch die Bedienung nicht hören sollte, was sie zu besprechen hatten.

„Ich war überrascht, dass mir auf dem Weg zum Gewerbegebiet mein Bruder über den Weg gelaufen ist."

„Ihr Bruder?"

Ho schien wirklich überrascht.

„Den hatten Sie doch außer Gefecht gesetzt!"

„Das dachte ich auch", sagte Ricardo. „Ich weiß aber ja nicht, was in der Spritze war, die Sie mir mitgegeben hatten."

„Das war ein Narkosemittel, was einen mindestens 24 Stunden daran hindert, irgendetwas zu tun, außer im Bett zu liegen und zu schlafen.“
„Das hat mein Bruder aber wohl nicht getan!“
Ho schwieg.
Gab es vielleicht in seinen Reihen jemanden, der gegen ihn arbeitete? Zu schwaches Narkosemittel, zu starke Reaktion im Labor, konnte das Zufall sein?

Die Tür ging auf, und ein Chinese kam herein. Sofort richtete sich einer der Freunde Ricardos auf und schaute angespannt zu ihm rüber.
„Hallo Ho“, sagte der Chinese und steuerte auf den Tisch zu, an dem Ho und Ricardo saßen.
Ricardos Freunde regten sich nicht, aber man konnte die Spannung spüren, die jetzt im Raum lag.
„Hallo Chi“, sagte Ho. „Pass auf, ich habe hier gerade ein geschäftliches Gespräch. Willst du draußen auf mich warten?“
„O.K.“, sagte Chi. „Ich wollte mir sowieso noch eine Ansichtskarte kaufen. Ich komme dann gleich wieder rüber.“
Er verließ das Café wieder.

Ho schaute zu den Männern hinüber. Sie schlürften weiter an ihrem Cappuccino und redeten leise miteinander.
Ricardo ergriff wieder das Wort.
„Ich glaube, wir hatten abgemacht, dass ich, wenn die Aktion erfolgreich gelaufen ist, noch mal eine kleine Prämie bekomme. Ich glaube, das waren 50.000 €.“
Ho schluckte. Ricardo pokerte wohl. Vereinbart hatten sie 20.000 €.
„Waren es nicht 20.000 €?“, fragte er.
„Hatten wir nicht noch einen Bonus oder so was ausgemacht?“, erwiderte Ricardo. „Sie müssen berücksichtigen, dass ich meinen Job gekündigt habe, um bei Ihnen zu arbeiten. Und das wird ja jetzt nichts mehr!“
Ho war klar, dass Ricardo jetzt nicht klein beigeben würde.

„Ich weiß, dass Sie sich hier sicher fühlen", sagte er und machte eine Kopfbewegung in Richtung der Männer. „Aber Sie können ja nicht ewig hier im Café bleiben. Die machen ja auch mal die Tür zu."
Ricardo grinste ihn an.
„Meinen Sie, ich hätte nicht vorgesorgt? Meine Freunde hier tun keinem etwas, das sind ganz nette Leute, die nur in Ruhe ihren Cappuccino trinken wollen. Aber ich habe noch einen anderen guten Freund, einen Anwalt. Dem habe ich einen Brief gegeben, in dem ein paar nette Sachen über Sie stehen. Wenn mir was passiert, dann schickt er den Brief los. Sie dürfen mal raten, an wen er geht!"

Ho schwieg. Mal sehen, was ihm Ricardo anbieten würde.
„Was könnte ich Ihnen dann für einen Gefallen tun, damit wir uns vertragen?"
„Sie wissen vielleicht, dass ich in einem kleinen älteren Häuschen wohne. Das müsste dringend renoviert werden. Da käme ich mit 20.000 € aber nicht hin."
„Also, passen Sie auf", sagte Ho. „Ich habe jetzt nur die 20.000 dabei. Die kann ich Ihnen gleich geben. Den Rest lege ich am Postamt für Sie bereit. Sie haben doch einen gültigen Pass, oder?"
„Klar", antwortete Ricardo, „aber damit habe ich immer noch keinen Job!"
„Da lasse ich mir auch noch etwas einfallen", sagte Ho. „Sie sind doch Handwerker. Ich finde sicher etwas für Sie."
Ho schaute noch einmal in Richtung der Männer, lächelte ihnen freundlich zu, legte einen Fünfer für seinen Caffè auf den Tisch und ging.
Ricardo ging zu den Männern hinüber.
„Alles in Butter", sagte er.
Er holte unter dem Tisch ein paar Scheine aus dem Umschlag, den Ho ihm gegeben hatte.
„Fünfhundert pro Nase, wie besprochen."
„Und wer bezahlt den Cappuccino?", sagte einer der Männer grinsend.

„Mach' ich schon", sagte Ricardo.

Sie gingen zusammen auf den Platz. Es war kein Chinese mehr zu sehen.

Ricardo war zufrieden.

‚Bin mal gespannt, was der Chinese mir anbietet', dachte er und machte sich auf den Heimweg.

Montagmorgen ging Ricardo zum Postamt, wo man ihm einen Brief aushändigte, auf dem als Absender einfach 'Ho' stand.

Als er den Umschlag zu Hause aufmachte, fand er darin nur einen Brief. Ho hatte geschrieben:

> *Ich bin mir sicher, dass ich mit den 20.000 richtig lag. Aber ich habe noch was für sie:*
> *Ich habe oben in Scapezzano in dem Hotel einen Job für Sie organisiert. Der Hausmeister hat einen anderen Job unten in Senigallia angenommen und deshalb war die Stelle jetzt frei. Den Job müssen Sie aber nicht unbedingt nehmen.*
> *Dann habe ich von unseren Freunden ein Testament zu Ihren Gunsten machen lassen. Wenn Sie sich das Erbe ihres Bruders sichern, dann tut ihnen das magere Gehalt als Hausmeister nicht so weh und Sie können den Job als eine Art Hobby sehen.*
> *PS: Ich hoffe, dass wir uns nie mehr begegnen, und wenn doch, dann kennen wir uns nicht!*

Ricardo war zuerst sauer, weil Ho auf seine Forderung nicht eingegangen war. Andererseits hatte er bei Danielo gesehen, dass es seinem Bruder sicherlich nicht schlecht gegangen war.

Was könnte die Villa wert sein?

Und da war auch noch der Wagen!

15

Als Ricardo den Brief von Ho gelesen hatte, machte er sich schick und dann gleich auf den Weg zur Bank.

Er hatte Glück, dass gerade einer der höheren Angestellten Zeit für ihn hatte.

„Mein Bruder hat mich in seinem Testament bedacht", begann Ricardo und legte dem Angestellten das Testament vor, das Ho für ihn gemacht hatte.

„Wo haben Sie das her?", fragte der Angestellte erstaunt.

„Es lag heute Morgen in meinem Briefkasten. Ich weiß nicht, ob es mir mein Bruder geschickt hat, aber ich wüsste nicht, wo es sonst herkommen sollte."

„Warten Sie bitte einen Moment", sagte der Angestellte und ging ein paar Schreibtische weiter zu dem Filialleiter. Beide machten einen finsteren Gesichtsausdruck, als sie zurückkamen.

„Gibt es ein Problem?" fragte Ricardo.

„Anscheinend", sagte der Filialleiter. „Letzte Woche war ihr Bruder persönlich hier, hat sich sein gesamtes Geld auszahlen und das Konto aufheben lassen."

„Mein Bruder?"

Ricardo schaute fassungslos.

„Ich denke, der ist vor einer Woche bei diesem schrecklichen Unglück hinten im Gewerbegebiet umgekommen."

„Anscheinend nicht", sagte der Filialleiter, „sonst wäre er ja nicht hier gewesen."

Ricardo musste sich an der Stuhllehne festhalten.

„Geht es Ihnen nicht gut?" fragte der Angestellte.

„Entschuldigung", sagte Ricardo. „Aber ich glaube, ich verliere den Verstand!"

„Das kann ich verstehen", sagte der Filialleiter. Er lächelte und fügte hinzu: „Ich kenne hier einen guten Psychiater. Vielleicht brauchen Sie den bald."

Er schaute zu seinem Angestellten rüber. Der nickte zustimmend.

Ricardo brauchte noch ein wenig, bis er sich gefasst hatte. Die Banker hatten ihm die Pause gegönnt. Schließlich konnten sie sich vorstellen, was in Ricardos Kopf jetzt vor sich ging.
„Hat mein Bruder gesagt, wo er jetzt hin will?"
Der Filialleiter schaute seinen Angestellten an und signalisierte ihm, dass er nichts dagegen hätte, wenn der Ricardo Auskunft geben würde.
„Er sagte, dass er entfernte Verwandte in Deutschland hat. Jetzt, wo seine Firma nicht mehr existiert und seine Verlobte nicht mehr lebt, hält ihn hier nichts mehr und er will versuchen, in Deutschland einen Neuanfang zu machen."
„Hat er denn auch gesagt, wieso er das Unglück überlebt hat?" fragte Ricardo.
„Er sagte, dass er verschlafen hatte und schon sehr spät dran war. Und dann wäre auf der Straße auch noch ein Unfall gewesen. Ich glaube, er fuhr immer die Straße an den alten Gruben vorbei, wissen Sie, da wo auch der kleine See ist. Da stand ein Lieferwagen quer, der wohl zu schnell in die eine S-Kurve gefahren war. Er kam erst im Gewerbegebiet an, als schon die Feuerwehr da war. Er sagte, er ist dann erst einmal zum Misa rüber gegangen und hätte da ein paar Stunden gesessen."
Der Filialleiter sagte:
„Ich glaube, ich hätte in der Situation auch nicht mehr gewusst, wo vorne und hinten ist. Das kann man sich gar nicht vorstellen! Wäre er ein paar Minuten eher gefahren, wäre auch er tot gewesen!"

Als Ricardo wieder zu Hause war, schmiss er das Testament in eine Ecke und trank ein paar Grappa.
Gedankenverloren saß er auf seiner abgewetzten Couch.
Dann fiel ihm ein, dass sein Bruder doch auch die Villa und den teuren Sportwagen besessen hatte. Konnte er jetzt mit dem Grappa im Bauch noch Auto fahren?
Er brühte sich einen starken Kaffee auf, ließ das Koffein ein wenig wirken und machte sich auf den Weg in das Gewerbegebiet, wo sein Bruder gearbeitet hatte.

Bis auf das Haus, das jetzt erst recht wie ein Bunker aussah, sah hier alles ganz normal aus, so wie immer. Er parkte vor dem Bunker, stieg aus, und ging auf das gegenüberliegende Gebäude zu. Da stand Danielos Auto, allerdings war es jetzt komplett schwarz, glänzend schwarz.

Ricardo ging in das Haus hinein. Die junge Frau am Empfang schaute ihn freundlich an, stutze dann und sagte:

„Ihr Gesicht kommt mir bekannt vor. Helfen Sie mir mal auf die Sprünge!"

„Mein Zwillingsbruder hat gegenüber gearbeitet."

„In dem Bunker?"

„Bunker?", fragte Ricardo.

„Wir haben das Haus immer Bunker genannt, weil es von außen fast wie ein Bunker aussieht", sagte sie zur Erklärung.

„Ach so", sagte Ricardo. „Meinen Sie, mir kann hier einer sagen, was mit den Leuten passiert ist, die gegenüber gearbeitet haben?"

Die junge Frau überlegte kurz.

„Wir haben einen neuen Kollegen", sagte sie. „Der hatte an dem Tag, wo das Unglück war, seinen ersten Tag hier. Er ist der einzige außer mir, der heute da ist. Die anderen sind alle auf einer Schulung."

Sie führte ein kurzes Telefonat und sagte dann:

„Alfredo kommt."

Als Alfredo Ricardo sah, staunte er nicht schlecht.

„Entschuldigung, aber wer sind Sie?"

„Ich bin der Bruder des Mannes, der hier gegenüber gearbeitet hat", sagte Ricardo.

„Zwillinge?", fragte Alfredo.

„Genau. Warum ich hier bin: Mich würde interessieren, was das für ein Wagen da draußen ist. Mein Bruder hatte, soviel ich weiß, auch so einen, aber schwarz-weiß."

„Den Wagen habe ich am Donnerstag in Senigallia bei einem Gebrauchtwagenhändler gesehen. Ich kannte den Wagen ja, weil er immer hier gegenüber gestanden hat. Auf einmal war er weg und ich sah ihn dann bei dem Händler für einen echt guten Preis."

„Hat Ihnen der Händler etwas zu dem Wagen gesagt?"

„Er sagte, dass kurz nach dem Unglück ein Mann gekommen sei. Der hatte den Schlüssel und die Papiere für den Wagen und erzählte ihm, dass der Wagen seinem Bruder gehört hatte, der bei dem Unglück hier ums Leben gekommen war. Er könne den Wagen aber nicht gebrauchen und hat ihn ihm für wenig Geld verkauft."

Alfredo schaute Ricardo an.

„Aber, wenn Sie dem Gebrauchtwagenhändler den Wagen nicht verkauft haben, wer war es dann?"

Ricardo begann allmählich zu glauben, dass er wirklich bald einen Psychiater brauchte. Wusste er nicht mehr, was er tat? War er verrückt geworden?

„Ach ja", sagte Alfredo noch. „Der Händler war so nett und hat die Zebrastreifen abgezogen. Sie waren Gott sei Dank nur aufgeklebt. Die waren ja schrecklich!"

„Der Händler ist reingelegt worden", sagte Ricardo. „Ich bin nie dort gewesen und habe damit gerechnet, dass der Wagen meines Bruders noch drüben steht."

„Tut mir leid", sagte Alfredo. „Was machen wir denn jetzt?"

Ricardo überlegte kurz und sagte:

„Sie haben den Wagen im guten Glauben gekauft, dass das Geschäft sauber ist. Ich müsste jetzt beweisen, dass der Wagen gestohlen wurde. Weil ich aber keine Papiere habe, glaube nicht, dass das funktioniert."

Ricardo tat Alfredo in diesem Moment wirklich leid.

„Wissen Sie", sagte Ricardo, „ich lasse Ihnen den Wagen, eh dass ich jetzt noch Anwälte reich mache, und am Ende doch nichts dabei herauskommt. Ich habe ja einen Wagen, der läuft."

Nachdem Ricardo mit seinem Fiat weggefahren war, unterhielten sich Alfredo und Silvia noch kurz.

„Ich hätte mir denken können, dass mit dem Wagen etwas nicht in Ordnung ist. Der war eigentlich viel zu billig."

„Aber der Händler hatte doch alles da, Papiere, Schlüssel…"

„Das stimmt schon. Rechtlich bin ich auf der richtigen Seite. Aber der Junge tut mir trotzdem leid.“

Ricardo fuhr wieder nach Hause.
Die Villa?
Richtig, da war doch noch die Villa!
Er setzte sich wieder ins Auto und fuhr nach Sant'Angelo.
‚Ich hätte es mir denken können!‘
An der Zufahrt zu der Villa hing ein Schild am Zaun: ’Zu verkaufen’.
Ricardo kramte in seiner Hosentasche. Den Token hatte er sich eingesteckt. Er ging um das Haus herum auf die Seite zum Sportplatz, wo der Eingang war. Er blickte sich um; keiner zu sehen. Wenige Sekunden später stand er im Treppenhaus.
Oben ging er zuerst in das Bad; alles sah so aus, wie an dem Tag, an dem er Danielo besucht hatte und für ihn zur Arbeit gefahren war.
Auch im Schlafzimmer sah alles wie immer aus. Er öffnete die Schranktüren. Waren da nicht mehr Sachen drin gewesen? Er war sich nicht sicher.
Als er in Danielos Hobbyraum kam, war er sich aber sicher, dass hier früher mehr Sachen gestanden hatten.
‚Ob sich der Makler schon was mitgenommen hat?‘, fragte er sich. Oder konnte er seinen Erinnerungen nicht mehr trauen?
Er ging die Treppe hinunter ins Erdgeschoss. Das Plüschzebra stand noch an seinem Platz, auch sonst konnte er keine Veränderung feststellen.
Der Keller!
Rasch ging Ricardo in den Keller und in die große Garage.
Die Motorräder standen an ihrem Platz, aber der Lieferwagen war verschwunden. Er sah auf die Seite, wo der Spind mit der Motorradbekleidung stand. Die Spindtür stand auf, und er konnte sehen, dass auch die Tür an der Rückwand offen war.
Die Spannung stieg.
Dann die Enttäuschung:
Der Raum hinter der Geheimtür war leer, bis auf einen alten Arbeitstisch an der rechten Seite. Als er auf die linke Seite

schaute, sah er, dass ein Safe in der Wand eingebaut war. Die Tür stand auf und der Safe war leer.

Ricardo verließ das Haus wieder, nachdem er sicher war, dass ihn niemand beobachtete. Er machte mit seinem Handy ein Foto von dem Schild.

„casa onorata" stand darauf und eine Adresse in Senigallia.

Die Straße kannte er; es war die SS16, die hier Via Sanzio hieß.

Als Ricardo in der Via Sanzio ankam, parkte er im Innenhof und ging in das Maklerbüro.

„Sie verkaufen die Villa oben in Sant'Angelo?", fragte er.

Der Makler musterte ihn und sagte:

„Ich glaube, das ist aber nicht ihre Preisklasse."

„Ich will das Objekt auch nicht kaufen", sagte Ricardo, dem die arrogante Art des Maklers schon zuwider war. „Mich interessiert nur, wie Sie an das Haus gekommen sind."

„Dazu kann ich Ihnen keine Auskunft geben", sagte der Makler unfreundlich.

„Ich kann gerne mit ein paar Freunden wiederkommen. Wenn die Sie kurz in den Arm nehmen, dann sind Sie sicher auskunftsfreudiger", entgegnete Ricardo.

„Ich habe auch Freunde", sagte der Makler. „Und das sind, glaube ich, bessere Freunde als ihre", fügte er hinzu.

„Ich will doch nur wissen, in wessen Auftrag Sie die Villa verkaufen."

„Es gibt keinen Auftraggeber", sagte der Makler. „Letzte Woche war ein Notar da und hat mir das Haus für 200.000 € im Auftrag angeboten. Wir sind dann zusammen hingefahren, und ich hatte den Eindruck, dass das Objekt das auf jeden Fall wert ist."

„Sie meinen, dass Sie einen dicken Gewinn vor Augen hatten."

„Das ist doch egal", sagte der Makler. „Jedenfalls haben wir das Geschäft gemacht. Das ging ruck zuck. Und jetzt gehört die Bude erst mal mir."

Weil Ricardo noch keine Anstalten machte aufzustehen, fügte er hinzu:

„Ich glaube, Sie wollen jetzt gehen!"

Ricardo hatte verstanden.

Als Ricardo wieder zu Hause war und die Grappaflasche leer war, schmiss er sich auf sein Bett. Eine Minute später schlief er.

Als Ricardo am nächsten Morgen aufwachte, liefen die Ereignisse des Vortags noch mal wie in einem Film vor ihm ab. Er frühstückte und fuhr dann mit seinem Wagen los.
Als erstes fuhr er in das Gewerbegebiet. Da stand der schwarze Flitzer vor dem Bürogebäude, in dem er gestern Alfredo getroffen hatte.
‚Nicht geträumt', dachte er.
Er hatte zwar keine Hoffnung darauf, dass er den Rest nur geträumt hatte, aber er fuhr trotzdem nach Sant'Angelo.
'Zu verkaufen' stand an der Villa, die einmal seinem Bruder gehört hatte.
‚Auch nicht geträumt.'

Langsam wurde Ricardo klar, dass er kaum eine andere Wahl hatte, als auf das Angebot von Ho einzugehen. Also fuhr er weiter nach Scapezzano. Er parkte seinen Wagen vor seinem Häuschen und ging die rund zweihundert Meter bis zum Hotel zu Fuß.
Possessore, der Hotelbesitzer, hatte nicht mit ihm gerechnet, aber als ihn die Frau am Empfang angerufen hatte, kam er gleich.
Er führte Ricardo über das Grundstück, erklärte ihm, wie das Haus entstanden war und zeigte ihm die ganze Anlage.
Das ehemalige Kloster lag so, dass man vom Eingang aus und von der Terrasse davor in Richtung Senigallia und auf die Adria schaute. Seitlich versetzt gab es neben dem Hauptgebäude noch ein Appartementhaus.
„Wir haben hier einiges für unsere Gäste zu bieten", erklärte Possessore. „Das heißt natürlich auch, dass immer etwas zu tun ist. Die Zimmer für die Hotelgäste haben wir im Haupthaus; das ist der Teil, wo früher die Mönche gewohnt haben."
„Die wussten wohl, wo es schön ist", sagte Ricardo.

„Das glaube ich auch", sagte Possessore. „Im Nebenhaus haben wir Appartements. Dann haben wir einen Wellnessbereich, einen Swimmingpool, den ehemaligen Klostergarten, auch die Tennisplätze, an denen Sie vorbeigekommen sind, gehören zum Haus. Inzwischen kommen auch Biker gerne hierhin. Für sie bieten wir kostengünstig Leihräder an. Die müssen Sie in Schuss halten. Können Sie das?"

„Klar", sagte Ricardo, „ich bin gelernter Mechaniker!"

„Sehr gut", sagte Possessore. „Was noch wichtig ist: Wir wollen, dass unsere Gäste hier wirklich an nichts anderes als Urlaub denken. Unsere Mitarbeiter, abgesehen von der Bedienung, sehen die Gäste nur selten bei der Arbeit. Größere Arbeiten machen wir eh nur in der Ruhezeit im Winter. Ansonsten sind die Gäste aber auch viel außer Haus bzw. am Pool oder in den Fitnessräumen. Während der Essenszeit am Abend können Sie im Haus oder im Garten eigentlich ungestört arbeiten. Kurz gesagt, Sie müssen hier ein bisschen den guten Hausgeist spielen. 'Geist' klingt glaube ich gut."

„Ich bin eh eher ein unauffälliger Typ", sagte Ricardo. „Das wird schon klappen!"

Nachdem sie über den Lohn gesprochen hatten, der gar nicht so niedrig war, wie Ricardo befürchtet hatte, waren sie sich schnell einig.

„Sie können morgen anfangen, wenn Sie wollen."

„Abgemacht!", sagte Ricardo.

Auf dem Weg zum Parkplatz begleitete ihn der Besitzer; er wohnte gleich nebenan in einem eher unscheinbaren Haus.

„Woher kommen denn ihre Gäste so?", fragte Ricardo ihn zum Abschluss.

„Das ist unterschiedlich. Im Sommer kommen viele Römer her, weil wir hier ein besseres Klima und bessere Luft haben; das ist auch unsere Hauptsaison. Sonst haben wir viele Deutsche."

„Dann bis morgen", sagte Ricardo und ging wieder nach Hause.

16

In der Südeifel

„Papa", fragte Fritz, „warst du an meiner Spardose?"

„Wie kommst du denn darauf?", fragte sein Vater Viktor entrüstet zurück. „Da gehe ich auf keinen Fall ran!"

„Dann verstehe ich das jetzt nicht", sagte Fritz.

„Was verstehst du nicht?"

„Ich habe immer gedacht, dass die Nummer auf den Euro-Scheinen immer nur einmal vorkommt."

„Das ist auch so. Jeder Schein hat seine eigenen Nummer."

Fritz nervte seinen Vater des Öfteren mit seinem Hobby. Seit er im Fernsehen eine Sendung gesehen hatte, in der ein Junge mit außergewöhnlichen Gedächtnisleistungen die Zuschauer fasziniert hatte, wollte er unbedingt auch ins Fernsehen. Im Internet hatte er Seiten gefunden, in denen beschrieben ist, welche Informationen die Nummern auf den Euro-Scheinen hergeben. Er hatte sowohl den Ländercode der ersten Serie auswendig gelernt, als auch den Druckereicode aus der zweiten Serie. Sogar die Berechnung der Prüfziffern machte er spielend. Seither nahm er jeden Schein, der ihm in die Hände kam und schaute nach, ob er den Code entschlüsseln konnte. Bei dem Schein, den er von seinem Opa bekommen hatte, war ihm aufgefallen, dass ein Teil seines Geburtsdatums in der Ziffer enthalten war. Das fand er so toll, dass er den Schein nicht in Spielsachen investiert, sondern in seine Spardose gesteckt hatte.

„Der 20-Euro-Schein, den du mir eben als Taschengeld gegeben hast, hat dieselbe Nummer wie der, den ich letzte Woche von Opa bekommen habe."

„Das kann doch gar nicht sein", sagte Viktor.

„Ich gehe ihn holen", sagte Fritz und verschwand in seinem Zimmer.

Kurz darauf kam er mit triumphierender Miene zurück und hielt seinem Vater einen 20-Euro-Schein vor die Nase.

„Versuch, dir die Nummer zu merken", sagte er.

Viktor bemühte sich.

„Und jetzt schau mal hier", sagte Fritz.

Viktor sah sich auch den zweiten Scheingenau an, den Fritz ihm jetzt reichte.

„Moment", sagte er und nahm sich noch einmal den anderen Schein.

„Du hast Recht", sagte er verblüfft.

Er legte die beiden Scheine nebeneinander.

„Die sind wirklich komplett gleich", sagte er erstaunt und überlegte.

„Dann muss doch einer der Scheine falsch sein", sagte er nachdenklich.

„Oder beide", sagte Fritz.

„Wie wollen wir das herausbekommen?", sagte Viktor. „Blöd ist, dass wir für einen falschen Schein nichts mehr bekommen, es sei denn …"

Fritz schaute ihn fragend an.

„Weißt du was?", sagte Viktor. „Wir fahren zur Bank; da ist ein Automat, wo man auch einzahlen kann. Wenn der Automat die Scheine beide nimmt, kann uns das egal sein, wenn einer davon falsch ist. Wenn er sie nicht nimmt, müssen wir versuchen, sie in irgendeinem Laden wieder an den Mann zu bringen."

„Aber das darf man doch nicht", sagte Fritz.

„Es durfte uns aber auch keiner einen gefälschten Schein geben."

„Da hast du auch wieder Recht."

„Komm, wir probieren es", sagte Viktor.

Als sie in den Vorraum der Bank kamen, wo die Automaten stehen, war glücklicherweise außer ihnen gerade niemand da. Viktor ging an den Automaten, steckte seine Scheckkarte ein und wählte die Funktion Einzahlung.

Er schob den ersten Schein in den Einlaufschlitz, der Automat
prüfte den Schein und zeigte auf dem Display den Betrag von 20
Euro an.
Viktor schaute Fritz an, der gespannt auf den Automaten
guckte.
Dann nahm Viktor den zweiten Schein, steckte ihn auch in den
Einlaufschlitz. Der Automat schob den Schein ein paar Mal vor
und zurück, dann verschwand der Schein im Automat und die
Anzeige wechselte auf 40 Euro.
Die beiden schauten sich verblüfft an.
Viktor machte sich jetzt aber wegen etwas Anderem Sorgen:
„Weißt du, was wir nicht bedacht haben?"
„Nein", sagte Fritz.
„Wenn heute wenige Leute hier einzahlen, oder wir vielleicht
sogar die Einzigen sind, dann können die Leute von der Bank
ziemlich einfach feststellen, dass wir das mit dem Falschgeld
waren."
„Du meinst, mit dem echten Geld. Wenn der Automat die
Scheine angenommen hat, dann sind die Scheine doch echt,
oder nicht?"
„Hm…"
Viktor überlegte.
„Das ist mir zu heikel. Pass auf, wir gehen rein und erzählen,
dass wir glauben, dass einer der Scheine falsch ist."

„Was kann ich für Sie tun?", fragte der Herr am ersten
Schreibtisch.
„Ich glaube, dass ich Ihnen eben Falschgeld untergejubelt habe,
Herr Hiller", sagte Viktor, der schnell auf das Namensschildchen
am Jackett des Bankers gesehen hatte.
„Wie meinen Sie das?", fragte Hiller.
Viktor schaute sich kurz um. Außer ihm und Fritz schien kein
anderer Kunde in der Bank zu sein.
„Ich hatte zwei völlig identische Scheine. Also welche, wo auch
die Seriennummer gleich war."
„Das kann nicht sein", sagte Hiller.

„Das musst du uns glauben!", rief Fritz dazwischen, „Ich habe das doch auch gesehen!"

Hiller deutete auf einen Schreibtisch am Ende des Raums und sagte:

„Haben Sie einen Moment Zeit? Das müssen Sie mir genauer erklären."

Vater und Sohn nickten übereinstimmend und sie nahmen an dem Schreibtisch Platz.

Viktor erzählte Hiller die Geschichte von Anfang an. Nur an einer Stelle wich er ein wenig von der Wahrheit ab.

„Wir wollten eigentlich nur sehen, ob es vielleicht eine Panne bei einer der Druckereien gegeben hat oder es sich um Falschgeld handelt. Wir sind deshalb auch direkt zu Ihnen hereingekommen, als der Automat die Scheine angenommen hatte. Auch wenn ich das vorhin so gesagt habe - wir hatten nie vor, Ihnen wirklich Falschgeld unterzujubeln."

„Sie können die Scheine doch gleich wieder rausholen und uns wiedergeben", sagte Fritz.

„Das stellst du dir etwas zu leicht vor. Wir haben für die Automaten gar keinen Schlüssel, aus Sicherheitsgründen. Die Schlüssel haben nur die Leute von der Sicherheitsfirma, die das Geld für die Automaten bringen und das, was eingezahlt wurde, mitnehmen. Vor morgen früh kommen wir an das Geld nicht ran."

Viktor erzählte Fritz kurz, dass es früher oft passiert war, dass Leute mit Pistolen bewaffnet in die Bankfilialen gestürmt waren und sie ausgeraubt hatten.

Hiller nickte zustimmend.

„Außer dem Geld, das die Leute an den Automaten abholen, haben wir nur wenig Geld hier, und das ist gut gesichert im Tresor im Keller. Und wenn ein Räuber reinkommt, brauchen wir nur einen Knopf zu drücken und alle Türen sind zu. Das ist für die Räuber einfach zu schwierig geworden."

„Und was machen wir jetzt?", fragte Fritz.

„Wenn der Automat die Scheine genommen hat, dann kann es wirklich nur so sein, dass es in einer der Druckereien eine Panne gegeben hat und Scheine mit der gleichen Nummer gemacht wurden. Oder die Fälschungen sind so gut, dass unsere Prüfmechanismen überfordert sind."

„Es könnte doch auch sein, dass einer der Leute in der Druckerei Extraschichten auf eigenen Rechnung gemacht hat", meinte Viktor.

„Das glaube ich weniger", sagte Hiller, „obwohl ich das auch nicht hundertprozentig ausschließen möchte."

Fritz wurde ungeduldig.

„Aber was machen wir dann jetzt?"

„Das Geld ist doch auf Ihrem Konto verbucht", sagte Hiller zu Viktor. „Geben Sie dem Jungen die vierzig Euro. Um das weitere kümmern wir uns."

Auf dem Heimweg fragte Fritz seinen Vater:

„Werde ich dann jetzt als der größte Falschgeldentdecker des Jahres ins Fernsehen kommen?"

Viktor lachte.

„Das glaube ich nicht. Aber ich glaube, wir haben etwas angestoßen."

17

Bei der Kripo in Trier

„Morgen zusammen", sagte Grätzer, als er ins Büro kam.
„Morgen Torben", sagte sein Kollege Peter. „Ich habe gleich was für dich."
„Was gibt's denn schon so früh am Morgen?"
„Der Hiller von der Sparkasse kommt gleich vorbei. Es gibt neue Blüten."
„Die sollten das Bargeld endlich abschaffen. Macht doch nur Ärger", sagte Torben.
„In Schweden wird das schon kräftig forciert", antwortete Peter. „Ich habe letztens im Fernsehen gehört, dass man da jetzt sogar schon die Kollekte in der Kirche mit Karte zahlen kann."
„Kollekte? Da kann ich dir einen tollen Witz erzählen", begann Torben. Er kam aber nicht mehr dazu, weil Hiller herein kam.

„Was habe ich gehört? Es gibt wieder neues Falschgeld?", fragte ihn Torben. „Setzen Sie sich bitte hin."
Hiller nahm gegenüber von Torben Platz, nahm zwei 20-Euro-Scheine aus der Tasche und legte sie auf den Tisch. Torben nahm sie, schaute kurz auf die Scheine und sagte:
„Die sehen relativ neu aus. Aber wieso kommen Sie darauf, dass das Falschgeld ist?"
„Dann schauen Sie doch mal genauer hin."
Torben sah sich die verschiedenen Sicherheitsmerkmale an.
„Also, ich kann da keine Fälschung erkennen. Helfen Sie mir auf die Sprünge."
„Die Scheine haben ein und dieselbe Nummer."
Torben schaute noch einmal genau hin. Dann sagte er verblüfft:
„Die haben wirklich die gleiche Seriennummer. Das kann doch nicht sein, oder?"
„Genauso ist es. Das Problem bei der Sache ist nur, dass unsere Automaten die Scheine nicht als falsch erkennen. Die sind so

gut gemacht, dass man sie von den Echten nicht unterscheiden kann."

„Dann habt ihr Bänker aber wirklich ein Problem, oder?"

„So ist es. Der neue Zwanziger ist doch extra eingeführt worden, weil der alte zu leicht zu fälschen war. Und jetzt so etwas! Wir hatten die beiden Scheine der Bundesbank geschickt. Die haben sie mit den modernsten Geräten geprüft und konnten keinen Unterschied feststellen. Der Mann, der mit den Scheinen bei uns ankam, meinte, dass vielleicht einer bei der Druckerei Extraschichten gemacht hat, mal schnell ein paar Scheine auf eigene Rechnung; Sie verstehen?"

„Und?"

„Wenn es nur ein paar Scheine sind, kann man das nicht feststellen. Nur bei einer größeren Menge müsste man feststellen können, dass das verbrauchte Material und die Anzahl der gedruckten Scheine nicht zusammen passt. Das war aber nicht der Fall."

„Haben Sie denn schon herausgefunden, wie viele von den Blüten im Umlauf sind?"

„Nein, da sind wir dran. Wir arbeiten mit der Bundesbank zusammen; sie hat uns um Hilfe gebeten, weil wir mit unseren vielen Filialen eine Menge Daten sammeln können."

„Und wie soll das funktionieren?"

„Die Geldscheine, die in den Geschäften zusammen kommen, werden abends von einer externen Firma abgeholt und an die Bank weitergegeben. Dort laufen sie, bevor sie wieder an die Geldautomaten geliefert werden, in unserer Zentrale durch eine Maschine, die prüft, ob sich kein Falschgeld eingeschlichen hat und sortiert beschädigte oder alte Scheine aus. Dafür werden die Scheine gescannt. An dieser Stelle setzen wir an. Beim Scannen wird jetzt auch die Nummer der Scheine erfasst und dann zusammen mit dem Code für den Einlieferer in eine Datenbank geschrieben."

Torben hatte interessiert zugehört.

„Das heißt, wenn die Fälscher das Geld hier in Deutschland an den Mann bringen, müssten wir in der Lage sein, ihren Standort zu ermitteln oder ihn wenigstens räumlich eingrenzen können."

„Das sehe ich auch so. Aber wenn die Fälscher nicht immer die gleichen Nummern auf den Geldscheinen verwenden, werden wir einige Zeit brauchen, bis wir eine heiße Spur haben.“
Hiller sah auf seine Uhr.
„Ich glaube, ich habe alles gesagt, was für Sie interessant ist, und um Zehn habe ich einen Kundentermin. Ich halte Sie auf dem Laufenden. Sobald wir brauchbare Erkenntnisse haben, melde ich mich.“

Hiller verabschiedete sich und ging.

18

In Rutsch in der Südeifel

In der Maibaumstube herrschte gute Stimmung.

Der '90er-Club' hatte sich am Stammtisch versammelt. Hier in einer Nische auf der Seite zum Saal konnten die Herren Ideen austauschen, ohne dass alle im Lokal mithören.

Der Club bestand aus Männern, die in den 1990er Jahren in der Jugendmannschaft Fußball gespielt hatten. So kam es auch, dass sich hier ein bunt gemischter Haufen zusammen gefunden hatte.

Der Pfarrer, der Landarzt, der Schreiner, der Bäcker, der Fleischer, der Friseur und der Dorfpolizist hatten den Verein gegründet. Später waren noch der Lehrer, der auch der Ortsvorsteher war, und der Bestatter dazu gekommen.

Der Polizist, der inzwischen bei der Kripo in Koblenz war, wohnte etwas außerhalb in einem Häuschen am Rutschbach, die anderen waren alle im Ortskern zu Hause. Im Laufe der letzten Jahre waren viele Neubürger nach Rutsch bekommen, weil hier in unmittelbarer Nähe die A48 verlief, so dass auch Leute aus der Koblenzer Ecke und aus dem Köln-Bonner Raum sich hier ein neues Zuhause gesucht hatten.

Sogar Künstler, die die kleinen alten Höfe mochten, hatte es hierher gezogen.

Danielo hatte hier noch einen der alten Höfe am Rutschbach ergattert und sich hergerichtet. In der Scheune hatte er sich eine Werkstatt eingerichtet, und im ehemaligen Schweinestall war auch noch Platz für ein Büro gewesen.

Kontakt zu den Dorfbewohnern, wie er sie nannte, hatte er wenig. Danielo sprach zwar Deutsch, aber das war nur das wenige, was aus der Schule bei ihm hängen geblieben war. Nur mit seinem nächsten Nachbarn, dem Kommissar, hatte er etwas Kontakt.

Eines Tages war nämlich Benno, der Sohn des Kommissars, ein aufgeweckter kleiner Frechdachs, durch die offene Scheunentür hereinspaziert, um sich in der Scheune umzusehen. Danielo hatte ihn aus seinem Büro heraus gesehen und sich zuerst hinter der Tür versteckt. Benno war auch ziemlich erschrocken, als Danielo auf einmal neben ihm stand.

„Was willst du hier?" fragte Danielo ihn.

„Ich dachte, dass hier keiner ist", antwortete der Junge.

„Und da bist du einfach mal rein gekommen?"

„Ich wollte aber nichts klauen!", versicherte ihm der Junge.

Danielo konnte sich gut daran erinnern, was er und seine Freunde im Kinderheim damals alles angestellt hatten und glaubte ihm. Er ließ es sich aber nicht nehmen, Benno 'festzunehmen' und ihn nach Hause zu bringen.

Bennos Vater Michael war natürlich nicht begeistert und stellte seinen Sohn zur Rede.

„Was hast du dir dabei gedacht, einfach bei deinem Nachbarn rumzustöbern?"

„Ich dachte, dass keiner da ist und wollte mal die Autos sehen", antwortete der Junge kleinlaut.

„Die Autos?"

„Ich habe in meiner Scheune ein Büro, wo ein paar Modellautos mit Motor und Fernbedienung stehen", sagte Danielo. „Der Junge hat wahrscheinlich durch das Fenster geguckt und sie gesehen. Ich heiße übrigens Danielo Spettro."

„Ich heiße Michael Stammel, und der Kleine hier ist mein Sohn Benno."

Danielo hatte Michael einmal in einer Polizeiuniform gesehen. Dass ihm deshalb das Verhalten seines Sprösslings peinlich war, lag auf der Hand.

Danielo hakte die Geschichte schnell ab, und versprach Benno sogar, dass er ihm bei Gelegenheit seine Werkstatt zeigen würde.

Gestern hatte Michael Danielo gefragt, ob er nicht einmal mit zum Stammtisch kommen wolle. Wie so üblich wurde im Ort viel geredet, natürlich auch über diesen Italiener, der jetzt schon ein Jahr im Ort wohnte, den man ab und zu im Dorfladen sah, über den aber sonst kaum einer etwas wusste.

„Es wäre bestimmt gut, wenn du dich mehr bei den Leuten zeigst", hatte Michael gesagt. „Sonst kommen noch dumme Gerüchte auf!"

So war Danielo heute Abend mit Michael in die Maibaumstube gekommen.

„Wen hast du uns denn da mitgebracht?", fragte der Lehrer.

„Das ist mein Nachbar, der Italiener", sagte Michael.

„Dat is ävver jod, dat dä ens metkütt", sagte der Schreiner.

Als Danielo Michael Hilfe suchend ansah, musste der Lehrer lachen.

„Ihr müsst mit Danielo Hochdeutsch reden, auch wenn es euch schwer fällt. Oder glaubst du, dass er unser Platt versteht?"

„Also, dann: Das ist aber gut, dass er einmal mitkommt."

Der Schreiner betonte jede Silbe extra und musste dann über sich selbst lachen; aber wann sprach er schon mal Hochdeutsch!

„Du kannst mir glauben", sagte der Lehrer grinsend zu Danielo, „für einige hier ist Hochdeutsch fast eine Fremdsprache. Aber ich glaube, dass wir das hinbekommen, auch wenn es manchem von euch schwer fällt, oder?", fragte er und schaute in die Runde.

„Wir geben unser Bestes!", sagte der Bäcker.

Sie rückten ein wenig enger zusammen und Danielo nahm an der Ecke Platz.

Dann stellten sie sich vor.

Den Anfang machte der Pfarrer.

„Ich heiße Johannes Müller", sagte er. „Aber die lieben Kollegen hier nennen mich immer nur 'Papst'."

„Du kannst ihm ruhig sagen, dass dein zweiter Vorname Paul ist."

Das war der Landarzt, der als nächstes an der Reihe war und schmunzelnd in die Runde guckte.

„Bevor wir weitermachen", sagte Michael mit Blick auf die fast leeren Gläser seiner Kollegen, „ich gebe erst mal eine Runde."

Während der Wirt fleißig am Zapfhahn drehte, machte der Landarzt weiter:

„Ich heiße Tobias Meier. Ich habe drüben in Pölsch eine Praxis und sorge dafür, dass meine Kollegen hier Hilfe bekommen, wenn sie mal wieder einen über den Durst getrunken haben oder sonst ein Wehwehchen haben."

Schmunzelnd fügte er hinzu:

„Ich weiß aber nicht, warum die anderen mich 'Eisenbarth' nennen."

Der Wirt brachte jetzt das Bier.

Danielo schaute etwas verwundert auf die Gläser.

„Ist was mit dem Bier?", fragte der Wirt.

„So etwas kennen die in Italien nicht", erklärte ihm Michael.

„Du musst wissen", sagte er zu Danielo, „hier in Deutschland trifft man sich abends eher auf ein Bier als auf einen Wein. Im Kölner Raum ist das 'Kölsch' üblich, und hier im Ort ist es auch Tradition, Kölsch zu trinken. Ich weiß zwar nicht warum, aber das ist halt so. Vielleicht, weil es sich so schön auf Pölsch reimt."

Danielo nickte.

„Die Gläser sind zwar nicht besonders groß, aber dafür ist das Bier nicht so schnell schal", fügte Michael hinzu.

„Aber dafür ist das Glas schnell leer", sagte der Schreiner.

Nachdem sie angestoßen hatten, ging es mit der Vorstellungsrunde weiter.

„Ich habe in Pölsch einen Friseurladen", sagte Hans Bader. „Den Kollegen hier fiel für mich kein besserer Spitzname als 'Dauerwelle' ein. Ich glaube, wenn ich bei den Damen mit meinen Schnitten genau so kreativ wäre, könnte ich meinen Laden schnell dicht machen."

Jetzt war der Schreiner an der Reihe.

„Ich bin 'Latte'", sagte er. „Eigentlich heiße ich Anton Gruber, aber die Kumpel hier nennen mich alle Latte."

Der Bäcker lachte.

„Vielleicht, weil du einen langen hast!"

„Back du mal lieber kleine Brötchen, du Weckmann!"

‚Gut gekontert', dachte Danielo.

Damit war auch schon klar, wie sie den Bäcker nannten.

Der Bäcker erklärte Danielo dann, dass er mit richtigem Namen Klaus Schmitter hieß.

„Du kannst dir sicher denken, wie sie mich nennen", sagte der Fleischer, der jetzt an der Reihe war.

Danielo überlegte, welches deutsche Wort er kannte, das als Nicknamen für ihn in Frage kam.

„Wurst?", sagte er fragend.

„Fast! Hanswurst", sagte der Fleischer, der mit richtigem Namen Ingolf Krämer hieß.

Alle lachten.

„Mich kennt Danielo schon ein bisschen", sagte Michael.

„Dann sagen Sie ihm jetzt doch auch, welchen ehrenwerten Namen Sie bei uns haben, Herr Stammel."

Das war Latte.

„Derrick", mischte sich der Pfarrer ein. „Bei uns gab es eine sehr bekannte Krimireihe, wo der Kommissar Derrick hieß."

„Dass ich der Dorflehrer bin, hast du sicher schon gemerkt", sagte der Lehrer. „Bei mir lassen sie den Lehrer weg und nennen mich nur noch 'Ober'. In Wirklichkeit heiße ich Otto Hammer."

„Oberlehrer ist die Bezeichnung für einen Besserwisser", sagte Michael leise zu Danielo. „Ober ist für einen Kellner gebräuchlich. So kann er sich aussuchen, was wir mit Ober meinen, ohne beleidigt zu sein."

„Otto ist auch der erste Mann des Dorfes!" fügte Latte mit leicht lallender Stimme hinzu.

„Danke", sagte der.

„War nich so gemeint."

Latte hatte wohl schon ein paar Bier mehr getrunken als die anderen und jetzt schon leichte Probleme, nicht in den üblichen Slang zurück zu fallen.

Als letzter der Runde war der Bestatter an der Reihe.

„Wie sagen alle: ‚An dem kommt keiner vorbei!'" sagte er mit einem verschmitzten Lächeln.

„Ich heiße Stefan Kuckkorn. Mich nennen die lieben Kollegen hier...", er schaute von links nach rechts, „mich nennen sie 'Kiste'."

Danielo kannte den Begriff zwar, hätte aber nicht gewusst, dass damit der Sarg gemeint war.

Michael half ihm: „Ich weiß nicht, wie das bei euch ist, aber hier werden die Leute noch traditionell in einem Holzsarg unter die Erde gebracht."

„Ach so", sagte Danielo. „Bei uns ist in manchen Orten der Boden so felsig, dass das schwierig ist. Da werden die Leute überwiegend eingeäschert und dann in Urnen beigesetzt."

„Dann haben es meine Kollegen ja bei Mord und Totschlag viel schwerer als bei uns", sagte Michael. „Stell dir vor, es ist einer umgebracht worden, wird eingeäschert und dann begraben. Wenn man den Mord später beweisen will - das geht dann gar nicht mehr!"

„Ich habe Städte in Mittelitalien gesehen, wo man die Urnen schon in großen Regalen stapelt, weil man nicht genug Platz hat", sagte Tobias. „Die Angehörigen stellen nur noch ab und zu eine Kerze davor, oder einen kleinen Blumenstrauß, und damit ist die Grabpflege erledigt."

„Wenn das bei uns auch so wäre, würden bestimmt noch mehr Blumenläden schließen müssen", meldete sich der Pfarrer zu Wort.

Danielo winkte jetzt dem Wirt zu, dass er auch eine Runde geben wollte, aber auch, weil er verhindern wollte, dass das Thema Tod und Sterben noch ausführlicher diskutiert würde.

Außerdem wusste er, dass jetzt alle gespannt darauf warteten zu erfahren, wer und was er sei.

„Ich muss jetzt nach Hause", sagte er, als die Runde serviert war und sie auf sein Wohl angestoßen hatten.

Alle schauten ihn verdutzt an.

„Nur ein Scherz", lachte Danielo und freute über den gelungenen Joke.

„Was gibt's über mich zu sagen?"

Er hatte schon damit gerechnet, dass er heute Rede und Antwort stehen müsste, und eine einfache Vita vorbereitet.

„Ihr habt ja schon gehört, dass ich aus Italien komme. Dass ich mich bisher kaum sehen ließ, liegt daran, dass ich kaum

Deutsch konnte. Ich habe inzwischen mit einem Lernprogramm am Computer Deutsch gelernt.“

„Du kannst es aber schon ziemlich gut“, sagte Otto.

„Danke. Ich habe früher in der Nähe von Ancona gelebt. Warum ich da weggegangen bin, ist auch schnell erklärt. Ich habe als Techniker in einer kleinen Firma gearbeitet. Wenn ich Michael richtig verstanden habe, ist hier Mechatroniker ein ähnlicher Beruf. Die Firma ist vor einem Jahr abgebrannt und der Chef hatte erstmal kein Geld, um sie wieder aufzubauen. Er war nicht gut versichert, müsst ihr wissen.

Ich habe dann aber richtig Glück gehabt. Von einer Tante, die ich kaum kannte, habe ich einen Haufen Geld geerbt. Das war so viel, dass ich in meiner Heimatstadt ein Mietshaus kaufen konnte. Die Wohnungen sind alle vermietet, und eine Immobilienfirma hat die ganze Verwaltung für mich übernommen. Die überweisen mir jetzt jeden Monat ein paar Euro. Von dem restlichen Erbe habe ich hier den verlassenen Bauernhof gekauft und renoviert. Das Geld, was ich jeden Monat für das Mietshaus bekomme, reicht, um davon zu leben.“

„Esu e Tant hätt ich och jään!“

Latte war in zwischen so hacke, dass er entweder vergessen hatte, dass sie Hochdeutsch sprechen wollten, oder er konnte es schon nicht mehr.

„Das heißt, du brauchst gar nicht zu arbeiten?“, fragte Klaus. „Was machst du denn den ganzen Tag?“

„Ich habe mir einen von den ganz neuen 3D-Druckern zugelegt und mache damit Ersatzteile, die ich über das Internet verkaufe. Sonst bastele ich auch gerne an meinen Modellautos.“

Otto schaute auf die Uhr. Es war inzwischen nach elf.

„Also, ich weiß nicht, wie es bei euch ist, aber ich muss morgen wieder um Acht vor der Klasse stehen und euren Kindern Lesen und Schreiben beibringen. Ich mach’ mich jetzt mal auf die Socken!“

Johannes nahm Latte in den Arm und sagte den anderen, dass er ihn nach Hause begleiten werde. Damit war das Signal zum

Aufbruch gegeben, und auch die anderen machten sich auf den Weg.

Auf dem Rückweg unterhielten sich Danielo und Michael noch.
„Unser Lehrer, der 'Ober', der ist gar nicht so oberlehrerhaft, wie die anderen meinen", sagte Michael. „Er hat ganz gute Ideen. Weil er mit uns nicht immer nur über die üblichen Männerthemen reden will, hat er einmal vorgeschlagen, dass wir uns immer am letzten Donnerstag im Monat ein spezielles Thema vornehmen. Wir nennen das unseren 'Debattierabend'."
„Die Idee ist gut", sagte Danielo. „Ich kann mir auch schon vorstellen, über was ihr das nächste Mal sprechen werdet."
„Kannst du Gedanken lesen?", fragte Michael.
„Manchmal ja."
„Ich habe gesehen, dass die anderen sehr interessiert geguckt haben, als du von dem 3D-Drucker gesprochen hast. Ich habe so ein Ding zwar schon einmal in einem Elektronikmarkt stehen sehen, aber dass man damit auch Ersatzteile herstellen kann - das wusste, glaube ich, von uns noch keiner."
„Und deshalb schlägst du dem 'Ober' vor, dass ich euch beim nächsten Mal ein Referat zu 3D-Druckern halte."
„Genau daran habe ich gedacht."
„Wann ist dann das nächste Mal?"
„Donnerstag in zwei Wochen", sagte Michael. „Nächste Woche bin ich übrigens nicht da. Ich fahre mit meiner Frau und Benno eine Woche weg."
„Wo geht's denn hin?", wollte Danielo wissen.
„Das ist streng geheim!"
Michael schmunzelte.
„Wir haben Benno nur gesagt, dass wir wegfahren. Außer Maria und mir weiß keiner, wo es hingeht."
„Du kannst mir ja eine Karte schicken", sagte Danielo.
„Das habe ich auch vor."
„Ja, dann bleibt mir wohl nichts anderes übrig, als in zwei Wochen wieder mit zu kommen."
„So ist es."

Sie hatten inzwischen die Stelle erreicht, an der sich ihre Wege trennten.

„Dann also bis übernächsten Donnerstag, Herr Düsentrieb", sagte Michael.

„Düsentrieb? Meinst du den Erfinder aus den Micky-Maus-Heften?", fragte Danielo.

„Genau! Der Name passt doch zu dir!"

„Wenn's sein muss."

19

Es dauerte ein paar Wochen, bis Hiller wieder zur Kripo kam. Polizeidirektor Wannig hatte Torben mit dem Fall beauftragt; zu tun hatte es allerdings noch nichts gegeben.

Torben war dementsprechend schon heiß auf neue Informationen.

„Spannen Sie mich nicht lange auf die Folter, Herr Hiller. Wen kann ich verhaften?"

„Sie Optimist!"

Hiller setzte sich wieder Torben gegenüber auf den Stuhl.

„Verhaften können Sie, soviel ich weiß, eh niemanden, bevor Sie nicht das O.K. von einem Staatsanwalt haben. Sie meinen sicher festnehmen, stimmt's?"

„Ist ja gut", sagte Torben genervt. „Sie wissen doch, was ich meine. Also, raus mit den Fakten!"

‚Eins zu null für mich', dachte Hiller, bevor er mit den Ergebnissen seiner Recherchen rausrückte.

„Wir konnten zuerst feststellen, dass die meisten Scheine hier in der Region in Umlauf gebracht wurden; allerdings war die Streuung noch recht hoch. Zwischen dem Rhein und der Grenze war noch alles möglich."

„Grenzen haben wir in der Region viele", sagte Torben.

„Ich meinte damit den ganzen Westen, also Frankreich, Luxemburg und Belgien."

„Das ist noch ein bisschen weit", sagte Torben.

„Deshalb sagte ich eben anfangs! Inzwischen sind viel mehr Daten zusammengekommen. Und da ist einer der Supermärkte in der Region an erster Stelle im Ranking."

Hiller machte eine Pause und ließ Torben noch ein wenig zappeln.

„Es ist der kleine Supermarkt in Pölsch."

„Dann hat sich der Kreis der Verdächtigen ja schon auf ein paar Zehntausend reduziert", sagte Torben. „Dann ist das ja nur noch ein Klacks!"

Inzwischen hatte sich Peter zu ihnen gesetzt.

„Meinst du, dass die Fälscher sich so sicher fühlen, dass sie die Blüten vor ihrer Haustür verteilen? Das ist zwar möglich, aber vielleicht fahren sie auch ein paar Kilometer, um ihre Spuren zu verwischen. Die Spritkosten dürften sie doch kaum interessieren."

„Haben Sie dann schon heraus gekommen, wie viel verschiedene Scheine die Fälscher gemacht haben?", fragte Torben.

„Einige! Wir haben Zwanziger und Fünfziger entdeckt und dabei fast 100 verschiedene Seriennummern."

„Können Sie denn auch abschätzen, welchen Wert die falschen Scheine insgesamt haben?", fragte Peter.

„Das ist schwer, weil wir nur die Scheine erfassen konnten, die in unseren Banken gelandet sind. Andere Banken sind ja nicht involviert. Wir schätzen aber, dass es so um die 20.000 Euro sind."

Peter war verblüfft.

„Das ist eigentlich doch relativ wenig. Das sieht fast so aus, als wenn keine große Bande dahinter steckt, sondern eher ein Einzeltäter, der nur so viele Scheine macht, wie er gerade braucht."

„Das macht für uns die Sache allerdings nicht leichter", sagte Torben.

„Ja, dann viel Spaß bei der Fahndung", sagte Hiller mit einem Grinsen im Gesicht und machte sich wieder auf den Weg zu seiner Bank.

„Haben wir dem mal etwas getan?", fragte Peter, nachdem Hiller gegangen war. „So freundlich wie der ist…"

„Es gab vor Jahren Untersuchungen, weil ein paar Leute mit viel Geld, die Steuern sparen wollten, über die Banken Einiges in Luxemburg gebunkert haben. Da haben wir denen ein bisschen auf den Zahn gefühlt. Aber am Ende kam wieder nichts dabei raus."

„Wie immer!"

„Wie willst du denn jetzt weiter agieren?", fragte Peter.

„Ich habe einen Freund bei der Kripo in Koblenz", sagte Torben. „Der wohnt in Pölsch, also genauer gesagt in Rutsch, einem

Ortsteil von Pölsch. Da ist er Mitglied an einem Stammtisch, so einem bunt gemischten Haufen. Wenn es im Ort irgendetwas zu reden gibt, erfährt er das da auf jeden Fall."

„Aber, wenn ich dich richtig verstanden habe, ist Rutsch doch nur ein Ortsteil von Pölsch."

„Keine Sorge. In der Truppe sind ein Apotheker aus Pölsch, der Landarzt, der Pfarrer, ein Bäcker, ein Friseur, also alle Leute, bei denen viel gequatscht wird. Wenn er da die Ohren aufmacht...

Also ich glaube, wenn in Pölsch einer ist, der eigentlich keine Kohle hat und trotzdem immer Geld in der Tasche, dann finden wir das heraus."

„Da bin ich mal gespannt. Meinst du, die Kneipenbesuche werden deinem Freund als Arbeitszeit angerechnet?"

„Das glaube ich nicht. Aber vielleicht gibt's ja Sonderurlaub, wenn wir den Fälscher schnappen!"

„Du glaubst doch nicht mehr an den Weihnachtsmann, oder?"

20

Benno nervte.
Er wollte unbedingt wissen, wo die Reise hin ging.
Als er Freitagmittag aus der Schule kam, waren die Koffer schon gepackt.
„Komm, bring' seine Sachen hoch, wir wollen gleich los!"
„Wohin? Ans Meer?", fragte Benno.
„Warte doch mal ab", sagte Michael.

Benno hatte seinen Eltern immer und immer wieder gesagt, dass er nur noch ans Meer wollte. Und nicht in die Berge, wo er mit den Eltern stundenlange Wanderungen machen musste. Er war zwar topfit, aber er war lieber am Strand und im Wasser, als auf Berge zu steigen.
'Alte Steine gucken', wie er es nannte, wollte er auch nicht. Die Ritterburgen am Rhein waren noch in Ordnung, aber schon die Römerstadt in Xanten hatte ihm nicht besonders gefallen.
„Vielleicht ist er dafür noch zu jung", hatte Maria gesagt.
Als sie am Autobahnkreuz Koblenz rechts abbogen, ging es los.
„Das ist doch die falsche Richtung", rief Benno, als er merkte, dass sie in Richtung Süden, also in Richtung der Berge fuhren.
'Berge' war für Benno ein Synonym für die Alpen und damit für Almwiesen, Bergwandern und oft schlechtes Wetter.
'Meer' dagegen war für ihn Nordsee oder Holland: Strandkörbe, Fischbrötchen, im Sand buddeln und Mädchen im Bikini angucken.

Nachdem er zigmal wiederholt hatte, dass er ans Meer wolle und nicht in die Berge, und sein Vater immer wieder geduldig gesagt hatte: „Warte doch mal ab", hatte er es aufgegeben, sich schmollend in eine Ecke auf dem Rücksitz verzogen und keinen Ton mehr gesagt.
Dass seine Eltern aber auch partout nicht sagen wollten, wo es hin gehen sollte!
Immer nur: „Warte doch mal ab."

Inzwischen hatten sie eine Pause gemacht.

Als sie dann auf der A7 in Richtung Kempten fuhren, konnte sich Benno nicht mehr zurückhalten.

„Ich sehe da hinten doch schon die Berge Also wollt ihr doch in die Berge!"

„Warte doch mal ab."

Am Ende der Autobahn fuhren sie durch einen Tunnel und danach waren die Berge schon rings um sie herum.

„Sieh' mal. Der breite Berg da vorne, das ist die Zugspitze, der höchste Berg von Deutschland", sagte Maria und zeigte nach vorne.

„Schön", sagte Benno, „aber da will ich nicht hin."

Eine Stunde später, als sie einen ersten größeren Pass hinter sich gelassen hatten, ging es im Zickzack den Berg hoch. Oben war es wieder flach. Dann fuhr Michael von der Fernstraße ab und steuerte den Parkplatz eines Gasthofs an.

„Hier bleiben wir."

Benno war immer noch sauer. Er wunderte sich aber, dass seine Eltern nur einen kleinen Koffer aus dem Kofferraum holten und eine Tasche mit Zahnbürsten, Zahnpasta und anderen Hygieneartikeln.

Beim Abendessen munterte Michael seinen Filius dann auf. Nicht nur, dass Benno Pommes ohne Ende bekam, auch sagte ihm sein Vater, dass sie am Morgen weiter fahren würden.

Nach dem Frühstück packten sie ihre Sachen wieder ein und fuhren los. Zuerst ging es steil den Berg hinunter, dann fuhren sie wieder auf die Autobahn.

„Gleich fahren wir über den Brenner", sagte Michael. „Danach geht es immer nur noch bergab."

Benno traute sich jetzt wieder:

„Bis ans Meer?", fragte er.

„Ja, klar doch!"

Benno durfte jetzt vorne sitzen. Er konnte es kaum erwarten. Aber nun waren sie schon wieder über eine Stunde unterwegs. Und immer, wenn er meinte, dass jetzt die Berge endlich zu Ende sein müssten, tauchte am Horizont wieder ein Berg auf.

Dann endlich sah er vor sich nur noch den blauen Himmel und weite Felder.

„Das ist die Po-Ebene“, sagte Maria.

Benno lachte.

„Das sieht hier aber gar nicht aus wie ein Po“, sagte er. „Da hinten sehe ich zwar wieder Berge, aber einen Popo sehe ich hier nicht.“

„Und am A.. der Welt sind wir hier auch nicht“, sagte Michael. „Aber wir fahren gleich über den größten Fluss in Italien. Der heißt halt Po und danach ist das hier benannt.“

„Die Berge da vorne, das ist der Appenin. Das ist ein Gebirge, dass durch den ganzen Stiefel geht.“

„Stiefel?“, fragte Benno.

Maria half ihm: „Du musst dir im Atlas mal eine Europakarte ansehen. Da sieht Italien so ähnlich aus wie ein Stiefel. Deshalb wird das so genannt.“

Michael war sich sicher zu wissen, was Benno jetzt sagen würde. Er wurde nicht enttäuscht.

„Das hatten wir in Erdkunde noch nicht.“

Bald hatten sie die Poebene verlassen und fuhren an der Adria entlang in Richtung Süden.

Jetzt endlich glaubte Benno ihnen, dass sie wirklich ans Meer fuhren.

„Warum habt ihr mir denn nicht gesagt, wo wir hinfahren?“ wollte er jetzt wissen.

„Wegen Danielo.“

„Was hat denn der damit zu tun?“

„Dass Danielo aus Italien kommt, weißt du doch, oder?“

„Klar!“

„Siehst du. Ich bin doch Polizist, und deshalb habe ich ganz genau hingehört, als Danielo von seiner Heimat erzählt hat. Er hat zwar gesagt, dass er aus der Nähe von Ancona kommt, den Namen der Stadt, wo er her ist, hat er aber nie gesagt.“

„Das stimmt. Er hat mir auch nicht gesagt, aus welcher Stadt er kommt.“

„Ich habe einfach mal auf dem Computer geguckt, wo es in der Gegend so aussieht, wie er gesagt hat. Und da fahren wir jetzt hin."

Benno war zwar ein wenig enttäuscht, dass das Hotel nicht direkt am Meer lag, sondern ein Stück oberhalb, aber als sein Vater ihm erklärte, dass es unten zu teuer wäre, war alles gut.

Der Sonntag war klasse. Nach dem Frühstück waren sie mit dem Hotelbus ans Meer gefahren, hatten sich drei Liegestühle ausgesucht, auf denen der Name des Hotels stand und waren bis zum Nachmittag da geblieben. Dann waren sie mit dem Bus wieder zurück gefahren und hatten danach gut zu Abend gegessen.
‚So kann's weitergehen!', dachte Benno, als er im Bett lag.

Am Montag hatten sie sich überwiegend am Swimmingpool aufgehalten. Benno hatte schnell einen gleichaltrigen Freund gefunden, Martin, der aus der Gegend von Freiburg kam.

Am nächsten Tag waren sie mit dem Auto in die Berge gefahren, aber nicht zum Wandern, wie Benno befürchtet hatte, sondern um sich eine Höhle anzusehen. Die junge Frau, die sie durch die Höhle führte, sprach zu Bennos Überraschung sogar gut deutsch.
In einem riesigen Raum mitten im Berg hatte sie Benno gefragt, ob er den Kölner Dom kenne.
Benno hatte mit seinen Eltern vor ein paar Wochen einen Ausflug nach Köln gemacht.
„Ja, da war ich schon einmal."
Jetzt fragte sie: „Was schätzt du, wie hoch die Höhle hier ist?"
Benno überlegte. Aber es war sehr schwer, die Höhe zu schätzen, weil er kein Haus oder einen Baum als Vergleich hatte.
Dann ging ihm ein Licht auf.
Warum hatte die Frau ihn gefragt, ob er den Kölner Dom kennt? Klar!

Als er vom dem Dom gestanden und nach oben geguckt hatte, war er sich auf einmal ganz klein vorgekommen. Dann waren sie auf den Turm gestiegen. Da war sogar Benno fast die Luft ausgegangen, bei den vielen Stufen. Wie viele es genau waren, hatte er vergessen, aber es waren über 500. Und er hatte von da oben weit gucken können!

Die junge Frau hatte gemerkt, dass Benno kurz abgelenkt war und gewartet.

„Schätz doch mal!", sagte jetzt sein Vater.

„So hoch wie der Kölner Dom?", fragte er eher ungläubig.

„Richtig! Der Raum ist so hoch und breit, dass man den ganzen Kölner Dom hier reinstellen könnte."

Benno staunte. Er schaute nach oben und fragte:

„Und was ist oben drüber?"

„Die Felsendecke oben drüber ist hier noch ein paar hundert Meter dick", sagte die Frau.

Benno war beeindruckt.

Am Mittwoch hatten Bennos Eltern ein paar Stunden lang Tennis gespielt und Benno war mit Martin an einen der Kicker gegangen. Dann hatten sie sich am Pool ausgeruht, während Benno und Martin mit anderen Kindern zusammen Wasserball gespielt hatten.

Am Donnerstag hatten einen kleinen Rundgang durch die Stadt gemacht. Es war Wochenmarkt, und Michael und Maria hatten an einem der vielen Stände ein paar Mitbringsel gekauft. Danach waren dann doch 'alte Steine' auf dem Programm.

Nach dem Abendessen fragte Michael Benno, ob er morgen mit nach San Marino fahren wolle.

„Was gibt es denn da?"

„Das ist eine alte Stadt oben auf dem Berg. Ein eigener Staat sogar!"

Benno überlegte. Wieder alte Mauern gucken?

„Darf ich hier bleiben und mit Martin spielen?"

Michael und Maria schauten sich an.

„Was meinst du?", fragte sie.

„Versprichst du uns denn, brav zu sein und keinen Unfug zu machen?"
„Versprech' ich euch!"
„Ehrenwort?"
„Ehrenwort!"

Als die Eltern weg waren, spielten die Jungen zuerst Kicker.
„Mir fällt da gerade was ein", sagte Benno.
„Was denn?"
„Meine Mama hat mir erzählt, dass Papa und ihr ein paar Bälle weggekommen sind. Hinter dem Tennisplatz, wo das Gebüsch ist, ist ein Loch im Zaun."
Martin lachte.
„Und da haben sie immer hin gezielt?"
„Nicht absichtlich! Aber nachher waren von ihren 5 Bällen nur noch zwei übrig. Sollen wir da mal hingehen und die Bälle suchen?"
„Machen wir!"

Ricardo hatte sich an die Absprache mit dem Hotelchef gehalten und arbeitete meistens so, dass ihn die Gäste kaum zu sehen bekamen. Wenn er in der Fahrradgarage war, um Räder zu reparieren, konnte er hören, was die Leute auf der Terrasse erzählten.
Ein Mann hatte seiner Frau einmal gesagt:
„Mir fällt auf, dass man hier kaum mal jemand arbeiten sieht; aber es ist alles immer top."
„Die haben sicher Heinzelmännchen hier", hatte er geantwortet.
Die Kollegin an der Rezeption hatte nach dem Begriff gegoogelt und ihm die Geschichte von den Heinzelmännchen von Köln erzählt.
Ricardo fand die Geschichte lustig.
„Heinzelmännchen könnte ich auch gebrauchen", hatte er gesagt.

Eben war der Chef zu ihm gekommen.

„Können Sie mal an die Tennisplätze gehen? Da muss ein Loch
im Zaun sein. Die Gäste, die vorgestern gespielt haben, sagten,
dass ein paar Bälle hinter dem Zaun im Gebüsch gelandet sind.“
„Ist im Moment keiner da drüben?“
„Nein, heute spielt da keiner.“
„O.K., ich mache das sofort.“

Benno und Martin hatten Ricardo kommen sehen und sich im
Gebüsch versteckt.
Ricardo flickte den Zaun und ging zurück zum Hotel. Er musste
noch ein Fahrrad fertig machen.
Als er weg war, setzten die beiden die Suche fort.
„Hier, ich habe einen!“, rief Martin erfreut.
„Was ist mit dir? Such doch mit!“
„Ich muss an den Hausmeister denken.“
„Wieso?“
„Der sieht aus wie ein Freund von mir. Ein Italiener, der seit
einem Jahr bei uns in der Nachbarschaft wohnt.“
„Das glaube ich dir nicht.“
Benno suchte jetzt auch das Gestrüpp ab.
„Hier, ich habe auch einen gefunden!“
„Ich auch noch einen!“
„Dann haben wir die Bälle ja alle. Da wird sich Mama aber
freuen!“
„Was machen wir jetzt?“
„Ich gehe mal rüber zum Hotel und schaue, ob ich den
Hausmeister durch das Fenster in der Fahrradgarage sehen
kann. Ich sage dir, der sieht aus wie Danielo.“
„Ich komme mit.“
Die Jungen schlichen sich durch den alten Klostergarten an die
Fahrradgarage heran.
Martin spielte Räuberleiter und Benno spinkste durch das
Fenster.
Als Benno genug gesehen hatte, gab er Martin ein Zeichen. Der
ließ ihn runter, und sie schlichen sich wieder davon.

„Essen wir ein Eis? Ich habe noch Taschengeld genug und Mama wird mir sicher noch etwas dafür geben, dass wir die Tennisbälle gefunden haben."
Kurz darauf saßen sie auf der Terrasse und schlürften ihr Eis.

Ricardo hatte das Fahrrad fertig gemacht und gönnte sich eine Pause auf einer Bank im alten Klostergarten. Hier kam selten jemand hin. Nur vor den zwei Bengeln aus Deutschland musste er auf der Hut sein. Die tauchten immer wieder in irgendeiner Ecke auf oder kletterten auf den 'Berg' im Garten und freuten sich, dass sie keiner sah.
Dabei hatte er einmal gehört, wie der eine Junge sagte:
„Pass auf, dass du nicht abrutschst!"
Darauf hatte der andere gelacht und gesagt:
„Keine Angst, mit Rutschen kenn' ich mich aus. Ich komme nämlich aus Rutsch."
„Rutsch? Das ist aber ein witziger Name für einen Ort. Und wo kommst du her?"
„Ich komme aus Au im Hexental."
„Und das findest du nicht lustig?"
„Doch, aber das ist halt so!"
Jetzt hörte er einen der Jungen sagen:
„Ich sag' dir, der sieht wirklich aus wie der Danielo aus unserem Dorf."
„Mensch, Benno, hör doch endlich auf damit", sagte der andere. „Wie soll der denn hierher kommen?"
„Ist ja schon gut", sagte der andere. „Komm, wir gehen jetzt an den Pool die Mädchen ärgern."
„Au ja!"

Als sie am Abend beim Essen saßen, sagte Maria zu Michael:
„Willst du Danielo nicht eine Karte schicken? Was meinst du, wie überrascht er ist, wenn er von hier eine Karte von uns bekommt!"
„Wir können auch eine Karte kaufen und mitnehmen. Dann brauchen wir kein Porto."
Benno hatte verstanden.

„Deshalb habt ihr mir nicht sagen wollen, wo wir hinfahren?"
„Klar. Du hättest das doch sicher ausgeplaudert. Dann wäre die Überraschung weg gewesen."
„Ich glaube, wir sollten die Karte doch per Post schicken. Dann kommt sie zwar sicher erst an, wenn wir wieder da sind, aber vielleicht kann Benno bis dahin dicht halten."
Benno war gerade mit einer besonders langen Spaghetti beschäftigt, aber er nickte.

Am Samstag nach dem Frühstück ging Michael zur Rezeption, bezahlte die Hotelrechnung und kaufte noch eine Ansichtskarte.
„Wollen Sie auch gleich Porto für nach Deutschland?", fragte Elena ihn. „Die Karte geht aber erst am Montag in die Post."
„Macht nichts", sagte Michael, „Postkarten brauchen eh länger, da kommt es auf einen Tag nicht an."

Benno war traurig, dass es schon wieder nach Hause ging.
„Das nächste Mal will ich aber länger bleiben", sagte er.
„Warte doch mal ab", sagte Maria und lachte.

Er hatte wieder seine Ruhe: Benno und seine Eltern waren abgereist.

Ricardo saß auf seinem Lieblingsplatz im Klostergarten.

Was die beiden Jungen sich erzählt hatten, wusste er nicht wirklich. Aber der Name Danielo war auf jeden Fall gefallen.

‚Kann es sein, dass Danielo tatsächlich nach Deutschland abgehauen ist?', dachte er. ‚Ich könnte Elena fragen.'

Elena saß an der Rezeption. Die Gäste waren fast alle außer Haus oder am Pool, und es war ruhig. Sie hatte sich ein Buch genommen und las.

„Hi! Kann ich sich kurz stören?", fragte Ricardo.

Elena blickte auf.

„Ricardo! Was gibt's denn?"

„Wir hatten doch Gäste aus Deutschland, ein Paar mit einem Jungen, Benno heißt er, glaube ich."

„Ja, die sind eben abgereist."

„Ich weiß, dass du das nicht darfst, aber kannst du mir die Adresse von den Leuten geben?"

„Das darf ich wirklich nicht. Um was geht es denn?"

„Dieser Junge hat von einem Italiener gesprochen. Ich habe nur wenig verstanden. Aber den Namen Danielo hat er auf jeden Fall gesagt. So heißt ein Bekannter von mir, der von einem Jahr nach Deutschland verzogen ist. Er hat mir auch den Ort gesagt, wo er hinziehen will. Vielleicht ist er das ja!"

„Die Leute haben auch von einem Danielo gesprochen. Sie haben ihm vorhin noch schnell eine Postkarte geschrieben."

Elena zog eine Karte aus dem Körbchen mit der ausgehenden Post.

„Hier steht 'Pölsch'."

„Pölsch? - Mein Danielo hat 'Rutsch' gesagt."

„Test bestanden", sagte sie. „Hier steht nämlich 'Pölsch OT Rutsch'."

Elena überlegte.

Dann hatte sie eine Idee.

„Weißt du was? Ich gebe dir die Adresse von den Leuten nicht, die hier waren. Das darf ich ja nicht. Wir machen es anders: Ich lege die Karte jetzt zufällig kurz auf die Theke und schaue weg. Wenn du dir die Adresse schnell abschreibst, sehe ich das nicht. Dann habe ich nichts Verbotenes getan und du hast die Adresse. O.K.?"

„O.K.", sagte Ricardo, nahm sich eine Ansichtskarte aus dem Ständer und schrieb die Adresse ab.

„Das kostet dich aber 70 Cent", sagte Elena lächelnd. „Und einen Eisbecher!"

„Sollst du haben", sagte Ricardo.

22

Wieder in der Südeifel

Benno hatte nach dem Urlaub in Italien sehnsüchtig auf den Dienstag gewartet. Denn er hatte mit Danielo abgemacht, dass er ihn nach dem Urlaub in der Werkstatt besuchen durfte.
Jetzt war es endlich soweit.

Danielo merkte gleich, dass den Jungen etwas bedrückte.
„Was ist los mit dir?", fragte er ihn.
„Machst du hier Falschgeld?", fragte Benno ganz offen, so wie er es unter Freunden für richtig hielt.
Danielo war etwas überrascht. Dann sagte er fast beleidigt:
„Wie kommst du denn darauf?"
„Ja, ich weiß nicht, ob ich dir das sagen darf, aber gestern Abend war der Torben bei uns und hat meinem Papa gesagt, dass er etwas Wichtiges mit ihm zu besprechen hätte. Und was ich dann mitgehört habe, das war schon schlimm!"
„Du hast doch nicht etwa an der Tür gelauscht?"
„Nein", sagte Benno kleinlaut.
„Aber wieso weißt du dann, was die beiden besprochen haben?"
Benno war die Situation offensichtlich peinlich.
Lauschen war eigentlich genauso tabu, wie danach mit seinem Wissen zu prahlen.
„Ich bin vorgestern, als meine Eltern abends weg waren, heimlich auf den Dachboden gegangen."
„Du wolltest doch nicht etwa nachsehen, ob deine Eltern da schon Weihnachtsgeschenke versteckt haben?"
Das Nein von Benno kam jetzt nicht wirklich überzeugend.
„Ich wollte nach meinen alten Legosteinen schauen, weil wir abends kaum noch Fußball spielen können, wenn es so früh dunkel ist. Und da hatte ich eben die Idee, noch mal etwas aus meinen Legos zu bauen."
„Und was hast du da gefunden?"

„Als ich noch ganz klein war hatten meine Eltern ein Babyfon gekauft. Ich glaube, das heißt so, Babyfon. Das hatte ich letztes Jahr schon mal da oben gesehen."

„Und dann hast du gedacht, du probierst einfach aus, ob es noch funktioniert, hast dir Batterien besorgt, sie in das Babyfon gesteckt, einen Apparat in der Küche versteckt und den anderen mit in dein Zimmer genommen. Aber nur zum Ausprobieren!"

Danielo lächelte.

„Stimmt's?"

Benno war überrascht. Einfacher und schneller hätte er das nicht erklären können.

„Stimmt."

„Und dann hast du zufällig gehört, was dein Papa und Torben besprochen haben. Waren es denn schlimme Sachen, die Torben erzählt hat?"

„Ich weiß nicht, ob es so schlimme Sachen sind, wie wenn einer einen anderen umbringt. Aber es hörte sich schon schlimm an."

„Erzähl schon! Oder darfst du das nicht?"

„Ich weiß nicht. Aber ich glaube, dass dich das interessiert, was Torben erzählt hat."

„Warum gerade mich?"

Benno überlegte, wie er anfangen sollte.

„Du hast am Stammtisch doch mal von dem 3D-Drucker erzählt."

„Das stimmt."

„Kann man damit auch Geldscheine nachmachen?"

Danielo ging ein Licht auf.

„Deshalb hast du das gefragt!"

Danielo überlegte, wie er Benno beruhigen konnte.

„Es gab schon mal Leute, die haben Geldscheine mit einem normalen Farbdrucker nachgemacht. Die waren aber so schlecht, da hätte man direkt versuchen können, mit Monopoly-Scheinen zu bezahlen. Mit einem 3D-Drucker hat das, glaube ich, noch keiner probiert. Das geht aber eigentlich auch gar nicht, weil Geldscheine ja aus Papier gemacht werden.

Und das würde in einem 3D-Drucker einfach verbrennen, weil es da tierisch heiß drin ist."

Benno atmete spürbar auf.

„Dann bist du sicher nicht der Superfälscher, von dem Torben gesprochen hat."

„Superfälscher? Das hört sich aber spannend an. Was meinte Torben denn damit?"

„Torben hat erzählt, dass in der letzten Zeit Falschgeld aufgetaucht ist, das so klasse gemacht ist, dass man es von den echten Geldscheinen gar nicht mehr unterscheiden kann."

„Und da hast du gedacht, dass ich hier in meiner Werkstatt heimlich Geldscheine drucke?"

Benno lachte.

Dann sagte er: „Nun ja, dass du das sein könntest, habe ich nur gedacht, weil du ja sagtest, dass man in so einem Drucker fast alles machen kann. Aber zutrauen würde ich dir das mit dem Falschgeld nicht!"

Benno machte eine kurze Pause.

„Pa hat mir einmal gesagt, dass du ganz viel Geld hast. Stimmt das?"

Danielo lächelte.

„Weißt du, welchen Spitznamen für mich dein Vater den Freunden vom Stammtisch vorschlagen will?"

„Nein."

„Er will Daniel Düsentrieb vorschlagen, wie der Erfinder in den Micky-Maus-Heften heißt. Kennst du die Geschichten überhaupt?"

„Klar!", sagte Benno. „Ich habe auf dem Dachboden auch mal die alten Comic-Hefte von Papa gefunden. Die sind richtig spannend, mit dem Onkel Dagobert, den Panzerknackern, Tick, Trick und Track; die sind schon gut."

„Aber du kannst mir glauben, dass nicht so viel Geld habe, wie der Onkel Dagobert."

Danielo überlegte kurz, wie er Benno endgültig davon überzeugen könnte, dass er nicht der Superfälscher sei.

„Wenn ich in der Lage wäre, so richtig supertolle gefälschte Geldscheine zu machen, wie das jetzt einer hinbekommen hat, dann könnte ich bestimmt auch selber Gold machen. Und dann würde ich keine Geldscheine machen, sondern Gold!"

‚Keine schlechte Idee', dachte sich Danielo, als es das gesagt hatte.

„Gold machen? Das wäre es doch!", sagte Benno. „Dann könntest du im Gold schwimmen und dir ein ganzes Haus aus Gold bauen."

„Und dann Kinder mit goldenen Lebkuchen anlocken, sie fangen und aufessen."

„Dann wärst du aber eine Hexe und nicht ein Erfinder!"

„Da hast du auch wieder Recht."

„Aber wenn man die Geldscheine so hinkriegt, dass man sie von den echten gar nicht mehr unterscheiden kann, dann könntest du doch Geld machen und nicht Gold! Damit kann man doch viel einfacher bezahlen."

‚Schlaues Kerlchen', dachte Danielo.

„Die Leute von der Polizei haben aber doch irgendwie gemerkt, dass es falsches Geld ist. Dann würde es doch wieder auffallen."

„Das stimmt."

Benno schien noch nicht ganz überzeugt.

„Weißt du denn, wie die Polizei überhaupt gemerkt hat, dass es falsche Scheine sind?", fragte Danielo.

Benno überlegte.

„Torben erzählte, dass ihnen der Kommissar Zufall geholfen hat. Ich glaube, die meinen damit keinen echten Polizisten, sondern einfach Glück."

„Dann hoffe ich mal, dass sie den Fälscher bald erwischen. Stell dir vor, was los wäre, wenn auf einmal jeder sein Geld selber drucken könnte."

„Das wäre doch auch schön", sagte Benno. „Dann gäbe es wenigstens nicht mehr so viele arme Leute, die in Koblenz vor den Geschäften sitzen und betteln."

„Das klappt aber nicht", sagte Danielo.

„Wieso?"

„Das zu erklären ist kompliziert. Das kapieren wahrscheinlich noch nicht mal alle Männer am Stammtisch. Das wäre aber ein gutes Thema! Da hast du mich auf eine Idee gebracht. Ich werde den Ober fragen, ob wir demnächst darüber reden sollen."

„Den Ober?" fragte Benno. „Ist der denn auch bei euch am Stammtisch? Der muss doch immer alle Leute bedienen!"

Danielo lachte.

„Ich meine nicht den Kellner, der uns in der Maibaumstube bedient. Wir haben unseren eigenen Ober."

„Ach so!"

Danielo wollte jetzt aber noch von Benno wissen, wie die Polizei das Falschgeld entdeckt hatte.

„Und wie ist die Polizei jetzt auf die falschen Scheine aufmerksam geworden?"

„Das kann ich dir nicht sagen. Das Babyfon hat schlapp gemacht."

‚Schade', dachte Danielo. Das wäre interessant gewesen.

Aber Benno war zufrieden. Danielo war nicht der Superfälscher! Wenigstens war er davon überzeugt.

23

Es war wieder Donnerstag.

Danielo hatte sich gut vorbereitet. Als ihn Michael abholte, hatte er einen kleinen Beutel mit einer Überraschung dabei.

„Was hast du da in dem Beutel?", fragte Michael.

„Ich habe etwas gemacht, damit ich euch nicht nur etwas erzählen kann, sondern auch etwas zum Anfassen habe."

Sie gingen los.

„Was hast du denn da Tolles?", fragte Michael.

„Du willst doch nicht die Geschenke sehen, bevor Weihnachten ist, oder?"

„O.K.. Ich kann warten."

Bis auf den 'Papst' waren allen schon da. Sie nahmen in der Ecke an ihrem Stammtisch Platz.

Otto startete die Gesprächsrunde:

„Liebe Freunde, heute ist doch wieder einmal unser traditioneller Debattierabend."

„Lass die Förmlichkeiten. Sag lieber, welches Thema du uns heute auftischen willst", sagte Tobias.

„Ich habe vorletzte Woche mit Danielo abgesprochen, dass er uns heute etwas über neue Techniken erzählt. Ihr wisst ja, dass wir hier auf dem Land noch fast in der Steinzeit leben."

„Quatsch nicht so 'nen Blödsinn", meldete sich Latte. „Ich habe auch schon einen Computer!"

„Zum Solitärspielen?"

Danielo lächelte.

„Leg los, Danielo", sagte Michael, „ich will endlich sehen, was du in der Tasche hast!"

Alle starrten gebannt auf Danielo, als er etwas aus der Tasche holte.

„Ne einfache Schraube? Sowas habe ich auch zuhause", sagte Latte.

Danielo nahm die Schraube und sagte:

„Das hier ist aber eine besondere. Ihr kennt sicher die alte Frau Koller aus der Steiger Straße. Die hat einen Mixer in der Küche, ein älteres Teil, und da war die Schraube an der Welle gebrochen. Der 'Papst' hatte mir davon erzählt. Und er sagte, dass sich die alte Frau mit ihrer kleinen Rente eine neue Maschine kaum leisten könnte."

„Das ist ja der Irrsinn heute", sagte Kiste. „Da hast du für viel Geld was gekauft, das schneller kaputt geht, als früher ein Fiat rostete, und dann kriegst du keine Ersatzteile mehr dafür!"

Danielo überhörte das mit dem Fiat freundlicherweise.

„Ich bin zu der Alten hingegangen, habe mir das Gerät angeguckt, die gebrochene Schraube vermessen und die Typnummer des Apparats aufgeschrieben. Dann habe ich mir die Baubeschreibung aus dem Internet heruntergeladen, meinen 3D-Drucker angeworfen und ein paar Minuten später lag da die neue Schraube."

Er hielt die Schraube hoch.

„Hast du die denn nicht der Koller gegeben?" fragte Latte und nahm noch einen Schluck.

„Doch! Aber ich habe das Ding gleich zweimal gemacht, einmal für die alte Koller und noch einmal, damit ich es euch zeigen kann. Die Maschine der Alten läuft übrigens schon wieder."

„Hat sich der 'Papst' auch bei dir bedankt?"

Danielo lachte.

„Warum lachst du?" fragte Kiste.

„Stell dir vor, hier sitzt ein Tourist, der nichts von unserem Gespräch mitgekommen hat und dann hört, dass du mich fragst, ob sich der Papst bei mir bedankt hat!"

Jetzt lachten alle.

Die Tür ging auf und der Pfarrer kam rein.

Latte schlug vor Lachen fast mit der Nase auf die Tischplatte.

„Wenn man vom Teufel spricht, dann kommt er!"

„Was gibt's denn hier zu lachen? Ihr lacht doch nicht etwa über mich?"

„Nein!", sagte Latte im Brustton der Überzeugung.

Dann erzählte er:

„Die alte Koller hatte 'ne Schraube locker, und Danielo hat sie repariert."

„Die alte Koller oder die Schraube?", fragte der 'Papst'.

Danielo war überrascht; so lustig hatte er sich die Männerrunde gar nicht vorgestellt.

„Ich habe euch aber noch was mitgebracht", sagte er, holte einen Geldschein aus der Tasche und hielt ihn hoch, damit alle ihn sehen konnten.

Latte nahm den Schein.

„Dreißig Euro?"

„Dreißig Euro", sagte Danielo. „Habt ihr etwa nicht gehört, dass es jetzt auch 30-Euro-Scheine gibt?"

„Gib mal her", sagte Michael.

Nachdem er den Schein genauer angesehen hatte, sagte er:

„Der ist aber nicht aus dem 3D-Drucker, oder?"

„Nein", sagte Danielo, „den habe ich mit meinem Farbdrucker gemacht."

Hanswurst hatte sich den Schein genommen und meinte:

„Also, beim Metzger in Bayern kannst du damit sicher bezahlen. Aber hier fällst du damit auf."

„Außer wenn du zu Hanswurst gehst", sagte Latte.

„Meinst du wirklich?", fragte der 'Ober'

Latte legte nach:

„Aber ja! Die Kleine bei ihm hinter der Theke war doch bei dir in der Schule."

Während die anderen noch herzhaft lachten, hatte Danielo dem Kellner signalisiert, dass er noch eine Runde bringen sollte.

„Sollen wir den Schein mal testen?", fragte Michael, hielt dem Kellner, der mit der neuen Runde kam, den Schein hin und sagte:

„Kannst du mir den wechseln?"

Der Kellner nahm den Schein, schaute ihn sich an, grinste und sagte dann:

„Klar! Willst du zwei 15er oder fünf 6er?"

Fröhlich stießen sie auf Danielos Wohl an.

Dann sagte Michael zu Danielo:

„Du weißt aber, dass es verboten ist, Geldscheine im Drucker zu machen.“

„Was meinst du, warum ich einen 30er gemacht habe und nicht einen 20er! Wenn ich einen 20er gemacht hätte, wäre das strafbar gewesen. Das hier ist aber Kunst, und das ist erlaubt.“

„Aber auch nur solange, wie du nicht versuchst, damit zu bezahlen!“

Der 'Papst' hatte bei der Geschichte mit dem 3D-Drucker interessiert zugehört und sagte dann:

„Stellt euch mal vor, diese 3D-Drucker werden immer weiter entwickelt. Irgendwann macht man dann auch Kinder damit.“

„Das wäre aber schade“, sagte Latte. „Dann bräuchten wir unsere Frauen ja nur noch zum Kochen!“

„Und putzen“, fügte Eisenbarth hinzu.

„Dafür gibt es doch dann sicher schon Roboter“, sagte Latte.

Als dann die Tür aufging, sprang Michael auf.

„Torben, alter Recke!“, rief er. „Was machst du denn hier?“

Er stellte Torben seinen Freunden vor:

„Torben ist ein alter Kumpel von der Polizeischule. Er ist später nach Trier zur Kripo gegangen.“

Er drückte Torben kurz und sagte: „Schön dich zu sehen!“

Michael fragte die anderen, ob sie etwas dagegen hätten, wenn sich Torben zu ihnen setzte.

„Warum nicht?“, sagte Otto. „Wir reden gerade übers Kindermachen und darüber, ob wir unsere Frauen überhaupt brauchen.“

Sie rückten noch etwas näher zusammen, und Torben setzte sich neben Michael.

Otto erzählte ihm, was sie eben besprochen hatten.

„Was hat dich denn heute hierher gezogen, ich meine, hier in die Wildnis?“, fragte Michael.

„Meine Schwiegermutter wohnt hier. Also, ich meine, meine neue Schwiegermutter.“

Er erzählte ihnen, dass er sich vor ein paar Jahren von seiner Frau getrennt hatte, jetzt frisch neu verheiratet war, und sie seine neue Schwiegermutter besucht hatten.

„Die kennt ihr vielleicht: die alte Koller.“

„Klar kennen wir die“, sagte Michael. „Mein neuer Nachbar hier, der Danielo, der hat ihr vor ein paar Tagen ein Ersatzteil für ihren Mixer gemacht.“

„Gemacht?“

„Richtig: gemacht. Danielo hat so einen hochmodernen 3D-Drucker“, erklärte ihm Michael. „Da kann man praktisch alles mit machen.“

„Auch Falschgeld?“, fragte Torben.

„Fast“, sagte Michael. „Zeig’ ihm doch mal den 30-Euro-Schein!“

„Dreißig Euro?“, fragte Torben erstaunt.

Danielo holte den Schein noch einmal aus seiner Tasche und zeigte ihn Torben.

„Den habe ich mal spaßeshalber gemacht, um den anderen hier zu zeigen, was man mit so einem Drucker machen kann und was nicht.“

Torben begutachtete den Schein und sagte: „Der ist aber bestimmt nicht mit einem 3D-Drucker gemacht worden. Dass der aus einem Farbdrucker kommt, sieht man ja.“

„Das ist so“, sagte Danielo. „Ich habe auch extra einfaches Papier genommen. Sonst sieht er vielleicht so echt aus, dass noch einer auf die Idee kommt, ich gehe damit bezahlen.“

Latte grinste von einem Ohr zum anderen, ließ aber davon ab, seinen Scherz mit Hanswurst zu wiederholen.

Torben erzählte nun, dass ihnen heute der ’Kommissar Zufall’ geholfen hatte.

„Wir haben bei einer Routinekontrolle einen Mann angehalten, der ziemlich nervös wirkte. Als wir seinen Wagen genauer untersucht haben, lagen gut versteckt in der Reserveradmulde ein paar Kilo Koks.“

Latte war in Hochform.

„Die habt ihr sicher zum Heizen mit aufs Revier genommen! Oder habt ihr sie selber geraucht?“

Torben grinste und erzählte weiter.

„Wir haben dann seine Wohnung durchsucht. Da haben wir in einer Schublade einen Revolver gefunden. Das war ein bei uns

selten vorkommendes Modell. Wir haben den Kerl dann ein bisschen ausgetrickst. Wir haben ihm gesagt, dass wir so einen Revolver gesucht haben, weil wir nach einem Banküberfall vor zwei Jahren Patronenhülsen gefunden hätten, die genau zu solch einem Revolver passen. Ich habe dann zu meinem Kollegen gesagt:
Schick den Revolver ins Labor. Die können sicher herausfinden, ob der Revolver zu einem der ungeklärten Fälle passt."
„Und", fragte Michael, „hat er angebissen?"
„Bingo! Er hat er ein Geständnis abgelegt. Der hatte tatsächlich mehrere Raubüberfälle auf dem Konto."
„Man muss halt auch mal Glück mit dem Zufall haben", sagte Otto.

Der 'Papst' schien über etwas nachzudenken.
„An was denkst du gerade?", fragte Tobias.
„An die Zufälle!"
„Wie meinst du das?"
„Wenn ich mir überlege, was es für irre Zufälle gibt:
Die neue Schwiegermutter von Torben wohnt zufällig hier, dadurch kommt er uns besuchen.
Danielo kommt aus Italien und hat sich zufällig Rutsch als neue Heimat ausgesucht.
Der Mixer der alten Koller geht zufällig jetzt kaputt, und Danielo kann ihn reparieren.
Dann die Geschichte mit dem Revolver."
Er überlegte, was es noch für Zufälle gegeben hatte. Ihm würde sicher noch etwas einfallen.
„Zufällig ist jetzt mein Glas leer!"
Das war wieder Latte.
Torben hatte verstanden und bestellte noch eine Runde.
Jetzt war der 'Papst' mit seiner Geschichte dran:
„Ich will nicht philosophisch werden, aber stellt euch mal vor, das wäre alles kein Zufall. Vielleicht gibt es uns in Wirklichkeit gar nicht, sondern wir sind nur Personen in einem Roman, und der Autor bringt immer dann den Zufall ins Spiel, wenn er keine andere Möglichkeit sieht, den Ablauf logisch weiter zu führen."

„Oder der Heilige Geist steuert das alles so", sagte Kiste.

Der Ober hatte inzwischen die neue Runde gebracht, und sie hatten auf Torbens Wohl angestoßen.
Dann sagte Tobias:
„Ich habe vor Jahren mal ein Buch gelesen, da war es ähnlich. Wollt ihr das hören?"
„Wenn du uns nicht das ganze Buch erzählst", sagte Eisenbarth.
„Ich mache es kurz", sagte Tobias. „In dem Buch sitzt ein Haufen Programmierer zusammen. Die haben auf ihrem Großcomputer ein Programm laufen, wo eine ganze Welt simuliert wird. Mit allem, was dazu gehört. Sogar denken lassen sie die Computerfiguren!"
Alle außer Latte, der sein inzwischen wieder leeres Glas anstarrte, hörten gespannt zu.
„Dann passiert etwas, womit sie nicht gerechnet haben. Die Computerfiguren haben herausgefunden, dass sie nur simuliert werden und wollen selber bestimmen, was sie tun. Also machen sie einen Aufstand und übernehmen die Kontrolle über ihre Welt. Die Programmierer versuchen dann, das Programm so zu ändern, dass sie wieder das Sagen haben. Die machen richtig Krieg gegeneinander."
Fast alle hörten gespannt zu.
„Am Ende gewinnen die Programmierer, löschen das Programm und damit diese virtuelle Welt komplett aus."
„Also wie immer: Die Kleinen lehnen sich auf und die Großen machen sie platt", sagte Klaus.
„Aber dann kommt erst der Clou bei der Sache."
„Erzähl schon!"
„Die Programmierer fangen an, an sich selbst zu zweifeln und stellen dann fest, dass sie selbst nur Computerfiguren sind, und eine höhere Macht sich das Ganze ausgedacht hat."
„Also doch wieder der Heilige Geist!", sagte Kiste.
„Stark", sagte Michael, „auf so etwas muss man erst mal kommen."

Später saßen nur noch die beiden Polizisten und Danielo zusammen; die anderen waren nach und nach gegangen. Danielo hatte gewartet, weil er und Michael den gleichen Heimweg hatten.
Torben wollte noch was zu dem 30-er wissen, den Danielo ihm gezeigt hatte.
„Meinst du, dass man irgendwann mit diesen 3D-Druckern so weit ist, dass man Geldscheine so echt nachmachen kann, dass man die Originale und die Kopien gar nicht mehr unterscheiden kann?"
„Ich glaube kaum", sagte Danielo. „Es gibt zwar schon 3D-Drucker, in denen man sogar zwei unterschiedliche Plastikarten gleichzeitig verarbeiten kann, aber Scheine? Du musst berücksichtigen, dass diese Geräte mit hohen Temperaturen arbeiten. Das Material wird ja praktisch geschmolzen, damit aus dem Pulver eine feste Masse wird."
„Gibt es denn nicht auch schon Geräte, die Metall verarbeiten können?"
„Gibt es auch schon", sagte Danielo, „aber diese Apparate arbeiten mit noch höheren Temperaturen. Wenn man versuchen würde, die unterschiedlichen Materialien zusammen zu bringen, aus denen ein Geldschein gemacht ist, dann brennt das Papier einfach weg."

Torben begleitete Danielo und Michael noch. Er wolle mit Michael noch etwas Dienstliches besprechen, hatte er gesagt. Auf dem Heimweg sagte Michael noch:
„Ich glaube, Geldscheine sind so komplex, dass man sie nie hundertprozentig nachmachen kann."

Danielo verabschiedete sich.
‚Wenn du wüsstest…'

24

Inzwischen hatte es angefangen zu regnen.

Als die beiden Kommissäre bei Michael angekommen waren, fragte er Torben:

„Du wolltest doch noch etwas mit mir besprechen. Ist das so brisant, dass das keiner mithören durfte?"

„So ist es", antwortete Torben.

„Kommst du noch mit rein?"

„Nein lass, so lange dauert es nicht, und ich will nicht, dass Benno vielleicht etwas davon mitkriegt."

„Was hat denn Benno damit zu tun?", fragte Michael erstaunt.

„Eigentlich nicht Benno. Es geht um Danielo."

„Danielo?"

„Können wir uns unter ein Dach setzen?", fragte Torben jetzt.

„Am besten irgendwo, wo uns keiner zuhören kann."

„Dann lass uns zum Gartenhäuschen gehen. Da kann man unter dem Vorbau im Trockenen sitzen."

„Ist es da nicht zu kalt?"

„Ich kann einen Heizstrahler anmachen."

Die beiden Kommissare setzten sich hin.

„Erzähl mir erst einmal, was Danielo mit der Sache zu tun hat!"

„Nicht so laut", sagte Torben. „Bist du sicher, dass Danielo schon zuhause ist?"

Michael stand noch einmal auf und ging an den Gartenzaun.

„In seiner Werkstatt ist das Licht an. Vielleicht will er die Schraube zurückbringen oder noch mit seinen Autos spielen."

„Kann er uns von da aus hören?"

„Das sind um die hundert Meter. Wenn wir nicht rumschreien, bekommt er mit Sicherheit kein Wort mit. Aber was hat Benno mit der Sache zu tun?"

„Du hast mir mal gesagt, das Danielo und Benno ziemlich dicke Freunde geworden sind. Stell dir vor, Benno bekäme mit, dass wir Danielo im Visier haben. Ich wäre mir nicht sicher, ob Benno seinen Freund nicht warnen würde."

Michael überlegte.

„Wenn ich mir die Geschichten so überlege, die in den Kinderbüchern erzählt werden, so mit Ehre unter Freunden, gegenseitigem Helfen, egal was kommt - also ausschließen würde ich das nicht."

„Sieht du, deshalb bin ich lieber vorsichtig, eh dass ich Benno in Gewissenskonflikte stürze.

Zur Sache: Seit ein paar Monaten ist eine neue Fälschergruppe aktiv, die fast perfekte Blüten macht."

„Das habe ich auch gehört. Aber wieso sind die Blüten aufgefallen, wenn sie fast perfekt sind?"

„Das ist eine etwas längere Geschichte. Ich glaube, du musst doch den Heizstrahler anmachen."

Michael drückte einen Schalter neben der Schuppentür, und der Heizstrahler begann zu glimmen.

Torben erzählte die Geschichte.

„Hast du schon mal diese Familienshow im Zweiten gesehen, die mit den schlauen und begabten Kindern?"

„Meinst du 'Klein gegen Groß'?"

„Genau; der Name fiel mir nicht direkt ein. Da war ein Junge, der ein phantastisches Gedächtnis hatte."

„Ja, ich glaube, die Sendung habe ich mit Benno zusammen geguckt."

„Die Sendung hat auch ein Junge aus unserer Gegend gesehen und will jetzt auch ins Fernsehen kommen. Er trainiert seinen Grips mit den Nummern von Banknoten. Er hat auf seinem PC eine Tabelle angelegt, wo er die Nummern von allen Geldscheinen einträgt, die ihm in die Finger kommen. Und dabei ist ihm aufgefallen, dass es Scheine doppelt gibt."

„Wie das? Er hat die Scheine doch sicher nicht alle behalten?"

„Das nicht! Aber er hat nicht nur die Liste gemacht. Er hat die Nummern der Scheine auswendig gelernt, die in seiner Spardose waren. Dann hat ihm sein Vater einen Schein, der in seiner Spardose sein sollte, als Taschengeld gegeben."

„Da hätte ich wahrscheinlich gedacht, dass sich der Vater an meinem Sparschwein vergriffen hat."

„Das hat er auch gedacht und nachgesehen. Dann hat er seinem Vater die zwei Scheine mit der identischen Nummer gezeigt."
„Und der ist damit zur Bank gegangen und hat sie prüfen lassen."
„Fast richtig. Er ist zur Bank gegangen und hat die Scheine in den Automaten gesteckt, an dem man auch einzahlen kann. Frei nach dem Motto: Lieber weg, als Falschgeld im Portemonnaie."
„Das hättest du wahrscheinlich auch gemacht."
„Das weiß ich nicht. Jedenfalls hat der Automat beide Scheine geschluckt."

Plötzlich deutete Torben seinem Kollegen an, still zu sein.
„Hast du das auch gehört?", flüsterte er.
„Was meinst du?", flüsterte Michael zurück.
„Das Rascheln hinter uns. Als wenn sich hinter uns im Wald einer bewegt", flüsterte Torben. „Vielleicht hört uns doch einer heimlich zu."
Michael stand auf und schaute und in Richtung Danielos Haus.
„Immer noch Licht in der Werkstatt. Ich denke, er war es nicht."
„Was war es denn deiner Meinung nach?"
Michael kehrte jetzt zur normalen Lautstärke zurück.
„Ihr Städter kennt so etwas wahrscheinlich nicht. Hier im Wald gibt es noch viel Wild. Die Rehe kommen im Dunkeln oft bis ans Haus! Die haben mir letztes Jahr nachts sogar fast meinen ganzen Garten geplündert. Danach habe ich dann darauf geachtet, dass das Gartentor immer zu ist."
„Und Wildschweine?", fragte Torben.
„Die gibt's hier auch, aber die kommen erst nach Mitternacht. Die Rehe haben sich aber schon voll an uns gewöhnt. Ich habe letzten Winter, als ich einmal spätabends von einem Einsatz kam, im Scheinwerferlicht gesehen, wie ein Reh von unserem Grundstück kam und weglief. Im Schnee konnte ich an den Spuren sehen, dass es bis an das Gartentor gegangen war. Wenn das nicht so hoch wäre, hätte es wahrscheinlich wieder im Garten nach etwas Fressbaren geschaut."
Wieder hörten sie ein leises Rascheln.

„Das Reh ist wahrscheinlich in unserer Nähe, beobachtet uns und wartet darauf, dass wir endlich gehen", sagte Michael. „Wie war das mit den Blüten. Erzähl weiter!"

„Der Vater hat Angst bekommen, dass die Bank heraus bekommt, wer die Scheine eingezahlt hat, ist mit dem Jungen zu einem Bankangestellten gegangen und hat ihm die Sache erzählt. Der Banker konnte das erstmal auch nicht glauben. Am nächsten Morgen kam er zu uns und hat uns informiert."

„Und dann?"

Torben war immer noch nicht ganz überzeugt davon, dass sie keiner belauschte und redete mit gedämpfter Stimme weiter.

„Die Bundesbank hat zuerst interne Untersuchungen gemacht, um auszuschließen, dass in einer der Druckereien, die die Scheine herstellen, Sonderschichten gemacht wurden. Das konnten sie aber schnell ausschließen. Dann hat die Volksbankzentrale die Software, die die Geldscheine intern prüft, so geändert, dass die Nummern der Geldscheine und die Einlieferer aufgezeichnet wurden."

Michael hatte gut zugehört, auch wenn es schon ziemlich spät war. Aber Torbens Geschichte war spannend.

„Damit konnten sie feststellen, wo die meisten Scheine mit den identischen Nummern herkamen."

„Lass mich raten. Hier von uns?"

„Genau! Die Sache ist, dass hier auf dem Land noch sehr viel in bar gezahlt wird und nicht wie in den großen Städten mit der Karte. Die Geschäftsleute hier bringen ihr Geld regelmäßig zur Bank oder lassen es abholen. Wir konnten dann herausfinden, dass die meisten der gefälschten Scheine hier aus Pölsch stammen müssen."

„Und dann habt ihr daraus geschlossen, dass die Fälscherbande hier aus Pölsch kommt. Klar, dass ihr dann auf Danielo gekommen seid. Italiener, also generell verdächtig, relativ neu hier und Tüftler. Meinst du nicht, das ist zu einfach?"

„Schon, aber als er uns vorhin am Stammtisch den falschen 30-Euro-Schein präsentierte, wurde ich stutzig."

„Meinst du, dass er irgendwie gehört hat, dass ihr die Fälscher hier in Pölsch vermutet, und dass das ein geplantes Ablenkungsmanöver war?"

„Wäre doch ganz schön clever, oder?"

Michael dachte nach, ob er der Idee seines Kollegen folgen konnte. Benno?

Er hatte letztens mit Maria über die Falschgeldbande gesprochen und gesagt, dass Torben glaubte, sie hätten eine heiße Spur. Aber da hatte Benno schon im Bett gelegen und geschlafen. Oder doch nicht?

„Was ist los?", fragte Torben.

„Ich habe Stuss gedacht."

„Stuss?"

„Ich habe überlegt, ob Benno vielleicht gehört hat, dass ich mit Maria über die Falschgeldbande gesprochen habe. Aber Benno lag schon im Bett, als wir uns darüber unterhalten haben. Das kann er nicht mitbekommen haben."

„Und wenn doch?"

„Das glaube ich nicht! Aber was habt ihr jetzt vor?"

„Ich bleibe heute Abend hier, bei meiner Schwiegermutter. Morgen früh lasse ich ein Spezialkommando aus Mainz kommen. Wir werden Danielo früh am Morgen, wenn es noch dunkel ist, einen Besuch abstatten und eine Hausdurchsuchung machen. Wenn wir nichts finden, haben wir uns vertan."

„Und wenn ihr doch was findet, dann ist er dran."

„Genau!"

Michael machte den Heizstrahler aus und sie gingen rüber zum Haus.

„Kann ich euch irgendwie helfen?"

„Ich glaube nicht. Danielo kann ja nicht ahnen, was wir vorhaben. Und wenn wir dann morgen an seinem Bett stehen, wird er zu überrascht sein, um Widerstand zu leisten."

„Bist du dir sicher?"

„Ziemlich sicher!"

Torben machte sich auf den Weg zu seiner Schwiegermutter und Michael ging nachdenklich ins Haus. Er vermutete, dass er eine unruhige Nacht haben würde.

25

Es wurde langsam Herbst. Im Moment wurde es noch gegen sechs dunkel, aber wenn bald die Sommerzeit zu Ende war, dann war es schon um fünf ziemlich dunkel.

Danielo hasste diese Zeitumstellung. Auch sah er keinen Sinn darin, zweimal im Jahr alle Uhren umzustellen. Zwar machten das die meisten Uhren, die er hatte, automatisch, aber die Sonne richtete sich schließlich nicht nach den Uhren.

Jetzt war es abends, wenn er aus seiner Werkstatt kam, oft schon so dunkel, dass er kein gutes Gefühl hatte, wenn er zu seinem Haus ging.

Als er noch im Waisenhaus war, mussten alle um sechs auf ihren Zimmern sein, weil es dann zum gemeinsamen Abendessen ging. Im Winter war es schon ziemlich dunkel, wenn sie vom Fußballspielen kamen. Manchmal spielten sie so lange, bis sie den Ball kaum noch sehen konnten.

Die älteren Jungen hatten einmal einen Gruselroman in die Finger bekommen und dann ausprobiert, wie es so ist, wenn man im Dunkeln anderen Kindern auflauert.

Danielo war selber einmal Opfer eines solchen Spielchens geworden. Zwei von den Großen hatten sich in einer Hecke versteckt, ein Dritter hatte Danielo und seinen Freund Roberto, die vom Bolzplatz kamen, abgelenkt; dann hatten sich die beiden von hinten angeschlichen und sie 'überfallen'. Roberto hatte sich so erschreckt, dass ein Arzt kommen musste, und Roberto ein paar Tage krank im Bett gelegen hatte.

Danach hatte sich Roberto im Dunkeln nicht mehr nach Draußen gewagt, außer, wenn einer der Betreuer oder ein Lehrer dabei war.

Die Heimleitung hatte drastische Strafen angekündigt, falls jemand es noch einmal versuchte, die Kleineren so heftig zu erschrecken. Damit war zwar Ruhe eingekehrt, aber Roberto war seine Angst vor der Dunkelheit nie mehr losgeworden.

Danielo hatte schon vor der Attacke der beiden Großen etwas gespürt, was er aber nicht einordnen konnte. Ein ungutes Gefühl halt.

Dieses Gefühl hatte sich so bei ihm eingeprägt, dass er es nie vergessen hatte.

Und jetzt hatte er wieder genau dieses Gefühl.

Er hatte schon erwogen, sich einen Hund zuzulegen, das dann aber wieder verworfen, weil er bei Bekannten gesehen hatte, dass ein Hund Auslauf brauchte, man sich immer um ihn kümmern musste, dass sich also das Leben enorm veränderte.

Was könnte er machen, wenn sich jemand hinter einer Hecke verstecken und ihn überfallen würde?

Er musste daran denken, wie Benno ganz plötzlich in seiner Scheune gestanden hatte. Wenn er im Dunkeln gekommen wäre, und sich ein bisschen getarnt hätte, hätte Danielo keine Chance gehabt, sich zu verteidigen.

Danielo wurde diesen Gedanken nicht los. Also hatte er sich etwas ausgedacht, um sich zu schützen. Was er sich da ausgedacht hatte, war eigentlich ziemlich sinnlos. Wenn es jemand wirklich auf ihn abgesehen hätte, gab es zu viele Möglichkeiten. Aber das, was er gemacht hatte, gab ihm wenigstens das Gefühl, einer Attacke nicht schutzlos ausgeliefert zu sein. Auch beruhigte er sich damit, dass sein nächster Nachbar Polizist war, auch wenn er einige Meter von ihm entfernt wohnte.

Danielo hatte sich eine starke Taschenlampe zugelegt. Er hatte sich eingeredet, dass er die bräuchte, um im Dunkeln zu sehen, ob auf dem Weg ein Hundehaufen oder etwas anderes Ekliges lag. Er wusste aber, dass es in Wirklichkeit darum ging, in dunkle Ecken zu leuchten, wenn er wieder das Gefühl hatte, dass ihm jemand auflauerte.

Nachdem sie vom Stammtisch aufgebrochen waren, hatte Torben zu Michael gesagt, dass er noch etwas Dienstliches mit ihm besprechen wollte und hatte sie ein Stück begleitet.

Danielo war nach Hause in seine Werkstatt gegangen.

Plötzlich stand Ricardo in der Tür zu seinem Büro.

„Komm rein!"
Ricardo war überrascht.
Danielo saß an seinem Schreibtisch und schaute ihn an.
„Die Knarre kannst du wegstecken. Die hilft dir nicht wirklich."
Irritiert ließ Ricardo seinen Blick durch den Raum gleiten.
„Nicht schon wieder!", sagte er dann.
„Was meinst du?", fragte Danielo.
„Vergiss es", sagte Ricardo.
„Setz dich. Ich glaube, wir haben uns einiges zu erzählen."

Ricardo ließ sich auf den Stuhl fallen, der vor dem Schreibtisch stand.
Er hatte an der Wand gegenüber der Tür ein Hirschgeweih gesehen, unter dem ein Gewehr angebracht war, das sich in seine Richtung gedreht hatte und dann genau auf seinen Brustkorb zielte. Er hatte gar nicht nachgesehen, ob es sich bewegt hatte, als er zu dem Stuhl gegangen war.
Als er jetzt einen Blick auf das Gewehr warf, sah er, dass es genauso war, wie damals in Hos Büro.
„Du kannst ruhig abdrücken", sagte Ricardo. „Ich bin eh der geborene Looser!"
„Nicht so pessimistisch", sagte Danielo, „das macht mein Bild von dir nicht gerade schön. Willst du mir nicht lieber deine Geschichte erzählen?"
„Du hast mich schon die ganze Zeit beobachtet?", fragte Ricardo.
„Ich habe beobachtet, wie die Polizisten sich an das Gartenhäuschen gesetzt haben und hinter dem Häuschen einen Schatten gesehen, der da nicht hingehört."
„Das heißt, du hast deinen Nachbar beobachtet?"
„Nun, der Kleine von meinem Nachbar, der Benno, der ist ein Freund von mir. Ich habe ihn mal erwischt, wie er sich hier rein geschlichen hat, um zu gucken, ob es hier etwas Interessantes

zu sehen gibt. Du weißt doch, wie neugierig junge Bengel manchmal sind."
Ricardo musste grinsen.
„Neugierig? Nie!"
Jedenfalls hat Benno mir erzählt, dass der Kollege Torben einer Geldfälscherbande auf der Spur ist, und dass ich auf ihrer Liste bin."
„Und dann hast du dir gedacht, ein paar Kameras und eine Selbstschussanlage können nicht schaden."
„So ähnlich."
„Aber wieso hast du damit gerechnet, dass ich hier auftauche?"
„Wir haben vorhin am Stammtisch über Zufälle gesprochen. Weißt du, ich glaube ja nicht wirklich an esoterisches Geschwafel oder an das, was die Schwarzkittel uns alles erzählen. Aber es gibt wirklich Zufälle, wo man den Eindruck hat, dass es das eigentlich gar nicht geben kann."
Ricardo sah, dass Danielo unter den Tisch griff. Aber die Atmosphäre war die ganze Zeit so entspannt gewesen, dass er nicht damit rechnete, es könnte gefährlich für ihn werden.
So war es dann auch.
„Kann ich dir etwas zu trinken anbieten?", fragte Danielo und stellte zwei Gläser und eine angebrochene Flasche Wein auf den Tisch.
„Ist ein Guter aus der Heimat", fügte er hinzu.
„In Ordnung", sagte Ricardo, „aber nur einen Schluck. Ich denke, dass ich nachher noch Auto fahren muss."

Dann wollte Danielo endlich Ricardos Geschichte hören.
„Du siehst mir so ähnlich, dass du mein Zwillingsbruder sein könntest. Wenn das stimmt, dann musst du mir alles von Anfang an erzählen. Ich weiß nämlich gar nichts über dich."
„Dafür ich aber umso mehr von dir."
„Erzähl!"

27

„Ich versuche, alles möglichst kurz und knapp zu erzählen. Das erste kenne ich nur von Oma. Das war nicht meine richtige Oma, aber dazu komme ich noch.

Unsere Eltern waren sehr arm. Sie lebten in einem kleinen Häuschen, eigentlich war es nicht viel mehr als ein Schuppen außerhalb der Stadtmauer von Scapezzano. Wenn man aber keine großen Ansprüche hatte, konnte man darin leben.

Neben dem Haus hatten sie ein Ställchen, in dem sie ein paar Hühner hielten. So hatten sie wenigstens fast jeden Tag ein paar Eier.

Vater lebte hauptsächlich von Gelegenheitsarbeiten, die er für die Bauern in der Umgebung hin und wieder machte. Eine Zeit lang hatte er auch Arbeit in einem kleinen Bergwerk auf der anderen Seite des Misa. Die Mine war aber auch geschlossen worden.

Neben dem Haus durften sie ein kleines Stück Land nutzen, wo sie Kartoffeln, Gemüse und Salat anbauten. Wenn sie einmal etwas Geld hatten, wurde das beiseitegelegt, um die Stromrechnung bezahlen zu können.

Fleisch gab es nur, wenn Vater sagte: 'Ich gehe mal in den Wald'. Das hieß, dass er die alte Flinte aus dem Schrank geholt hatte und wildern ging. Unten am Flüsschen gab es ein paar kleine Waldstückchen. Meistens kam er mit einem Hasen wieder. Ab und zu hat er auch mal ein Wildschwein erwischt; da hat er an Ort und Stelle einige Stücke rausgeschnitten. Ein ganzes Schwein hätte er sicher nicht bis nach Hause schleppen können.

An Mutter kann ich mich wenig erinnern. Was mir in Erinnerung geblieben ist, dass sie immer traurig wirkte. Richtig froh habe ich sie selten gesehen. Vielleicht hat sie geahnt, dass sie nicht alt werden würde.

Die Eltern waren schon Mitte dreißig, als Mutter schwanger wurde. Das war für die beiden eine kleine Katastrophe. Sie

hatten ja gerade genug für sich selber, und dann noch ein Kind versorgen – das schien ihnen sicher fast unmöglich.
Geboren wurde ich zu Hause mit Hilfe von Vater.
Mutter ist dann früh gestorben; da war ich gerade mal zwei Jahre alt. Ich denke, sie hatte Krebs. Vielleicht hat sie das schon lange geahnt.
Vater war ziemlich am Boden.
Er hat dann seine Notgroschen für die Beerdigung geopfert.
Mutter war sehr gläubig. In der Kirche traf sie immer wieder ein paar Frauen aus dem Ort, darunter war auch eine alte Witwe, die in der Via dei Cappuccini in einem kleinen Häuschen lebte. Die hat ihn bei der Beerdigung angesprochen und gefragt, ob sie ihm helfen könnte.
Sie selbst hatte keine Kinder und bot Vater an, sich ein wenig um mich zu kümmern. Ich war danach oft bei ihr, habe ihr ein wenig geholfen, mit Einkaufen, Straße fegen, die Blümchen rund ums Haus, also alles, was so anfiel. Ich war gerade das zweite Jahr in der Lehre, als dann auch Vater starb. Ich habe ihn dann zu Mutter legen lassen.“

Ricardo machte eine Pause. Danielo ließ ihm auch die Ruhe.
Dann erzählte Ricardo weiter.
„Die alte Frau hat mir gesagt, ich sollte den Kopf nicht hängen lassen, ich hätte sie ja noch.
Sie war wirklich lieb zu mir und ich habe ihr auch weiter geholfen.
Eines Tages, als ich zu ihr kam, saß sie über den Tisch gebeugt in ihrer kleinen Küche. Sie hatte wohl einen Schlaganfall und war Mutter in den Himmel gefolgt.
Die Gemeinde hat dann jemanden geschickt, der alles regeln sollte. Der fand in einer Schublade ein Testament, das sie kurz vorher geschrieben hatte. Darin hatte sie mir ihr Häuschen vermacht. Wertsachen hat der Mann nicht gefunden. Ich habe von meinem eigenen Geld noch was für die Beerdigung ausgeben müssen, wobei ich das gerne getan habe.

Unser Elternhaus habe ich danach der Gemeinde überlassen. Ich weiß gar nicht, ob sie damit was gemacht haben, oder ob sie einfach nur zugeschlossen haben.

Ich habe danach in dem Häuschen an der Via dei Cappuccini gelebt.

Nach der Lehre habe ich noch etwa ein Jahr in der Firma gearbeitet, aber mit der ging es auch bergab. Mein Chef kam dann eines Tages zu mir und sagte mir, es täte ihm sehr leid, aber er könne mich nicht mehr bezahlen.

Da stand ich dann ohne Arbeit da. Er hat mir zum Abschied noch einen Abend in einer Pizzeria in Senigallia gegönnt. Ich hatte reichlich getrunken, als ich mich auf den Heimweg machte.

Dann habe ich etwas gemacht, was ich mich ohne den Alkohol im Leib wahrscheinlich nie getraut hätte. Ich kam auf dem Heimweg an einem Haus vorbei, wo die Tür ein Stück offen stand und ich gesehen hatte, dass die Leute gerade mit dem Auto weggefahren waren.

Da bin ich dann rein geschlichen und habe in einer Schublade in der Küche ein paar Scheine gefunden."

Danielo schaute Ricardo erstaunt an.

„Du hast da einfach was geklaut?", fragte er.

Ricardo nickte und blickte verschämt zum Boden.

„Das war aber erst der Anfang", sagte er.

„Ich habe noch ein paar Monate Stütze bekommen. Ich habe ziemlich lange versucht, wieder einen Job zu finden, aber das war in der Zeit sehr schwierig. Mir fiel dann nichts Besseres ein, als nachts durch die Gegend zu streifen und zu schauen, ob es noch andere Leute gibt, wo man einfach was mitnehmen kann."

„Du als Hobby-Einbrecher", sagte Danielo. „Kaum zu glauben! Und die Jungs haben dich nie erwischt?"

„Na ja, einmal haben sie mich fast gehabt. Eine alte Frau hatte einen ihr unbekannten Mann beobachtet, wie er in das Nachbarhaus gegangen war und die Carabinieri gerufen. Als die kamen war ich aber schon wieder weg. Die Alte hat dann bei der Vernehmung gesagt, dass sie mich schon mal oben in Scapezzano gesehen hätte. Die Jungs sind dann mit einem

Phantombild durch den Ort gegangen und haben gefragt, ob jemand diesen Mann kennt. Da erkannten mich ein paar Leute, und ich musste zur Vernehmung. Ich habe natürlich alles abgestritten.

Ich habe aber Glück gehabt. Ich traf Elena, das Mädel von der Rezeption im Hotel. Die war auch gefragt worden und hat mich gefragt, ob ich was ausgefressen hätte. Der habe ich gesagt, dass ich am 5.Oktober angeblich einen Einbruch begangen habe. Elena hat gesagt, dass sie mich doch im Kino gesehen hat. Ich hätte sie aber anscheinend nicht erkannt. Dann hat sie ihr Smartphone genommen, in ihren Kalender geguckt und gesagt: „Hier, am 5.Oktober war ich mit meiner Freundin im UCI. Die Vorstellung um Acht. Und da habe ich dich gesehen!

Sie hat gegrinst.

,Du warst da mit einer jungen Frau. Vielleicht wolltest du mich deswegen nicht erkennen!'

Schließlich hat sie mir zugesichert, dass sie das auch vor Gericht bestätigen würde.

Als es zur Verhandlung kam, stand Aussage gegen Aussage. Mein Verteidiger hat die alte Frau dann solange in die Mangel genommen, dass am Ende von ihrem ,Das war der Mann, ganz sicher!' nur noch ein ,Der sah aber genauso aus' übrig blieb, und der Richter mich freigesprochen hat."

Danielo lachte zuerst, dann sah er eher traurig aus.

„Dann hat diese Elena mich mit Barbara gesehen."

„Wer ist Barbara?"

„Das erzähl' ich dir vielleicht später mal."

Ricardo schien das Wichtigste gesagt zu haben.

„Aber wie bist du an die Geschichte mit mir gekommen?", fragte Danielo.

„Ich hatte bei meinen Erkundungstouren ein Haus gesehen, eine Villa etwas unterhalb des Hotels in einer Seitenstraße. Das sah so aus, als wenn da Leute mit richtig viel Kohle leben.

Ich habe dann zufällig mal gesehen, dass man da relativ einfach reinkommen konnte. Die Eigentümer hatten sich eine

Notlösung ausgedacht, falls sie mal den Schlüssel vergessen hatten."

„Und die Chance hast du genutzt."

„Klar! Ich habe mich in der Nacht auf die Lauer gelegt, und bin da eingestiegen, als die Bewohner weg waren. Ich dachte jedenfalls, sie wären weg. Aber der Besitzer hatte mich ausgetrickst. Als ich im Arbeitszimmer stand, zielte eine Flinte mitten auf meine Brust."

„Deshalb hast du eben ‚Nicht schon wieder' gestammelt?"

„Genau! Das war fast genau die Situation, wie vorhin hier. Jedenfalls hat der Mann, das war ein Chinese, mich für einen Auftrag angeheuert. 20.000 Euro hat er mit geboten, wenn ich ein paar Stunden Danielo spiele und dafür sorge, dass eure Maschine in die Luft geht. Er sagte, dass wir uns verblüffend ähneln, und er mich deshalb für den Auftrag unbedingt haben wollte."

„Und da konntest du nicht nein sagen, was?"

„Klar! Es hörte sich harmlos an. Ich brauchte keinen umzubringen, sondern nur ein bisschen Sabotage zu machen."

„Ein bisschen finde ich jetzt aber arg untertrieben. Du hast doch das ganze Gebäude verwüstet."

„Jetzt übertreibst du aber. Es ging nur um die Maschine. Und ich war es ja gar nicht!"

„Wie, du warst das gar nicht?"

„Als ich als du auf dem Weg zu deiner Firma war, bin ich von den Carabinieri angehalten worden. Einer von denen hat mir direkt eine Knarre vor die Nase gehalten und wollte mich wahrscheinlich abknallen. Dann kam ein Paketdienst angerauscht und hätte den Kerl beinahe platt gefahren. Ich habe blitzschnell geschaltet und bin abgehauen. Der Typ hat mich verfolgt und noch ein paar Mal versucht, mir eine Kugel in den Leib zu jagen.

Ich wusste von früher, dass es in der Gegend einen alten Stollen gibt. Da bin ich hingelaufen und habe mich versteckt. Der Kerl ist mir hinterher und hat auch im Stollen rumgeballert. Beinahe hätte er mich richtig erwischt, aber es war da drin stockdunkel und es hat mich nur eine Kugel an der Schulter gestreift. Er ist dann weiter in den Stollen rein gekommen. Er hatte wohl gerochen, wo ich mich versteckt hatte. Ich war über eine halbverfaulte Leiter nach oben in einen Seitengang geklettert. Er wollte mir hinterher, da ist die Leiter unter ihm auseinander gefallen. Ich weiß nicht, ob er sich die Knochen gebrochen hat, aber er hat aufgegeben. Dann hat der Drecksack den Eingang in die Luft gesprengt und ist abgehauen."

„Das klingt ja wie 007 in echt!", sagte Danielo. „Wie bist du denn da wieder raus gekommen?"

„Ich habe vorn in der Höhle ein Lager entdeckt, wo jemand Lampen und Proviant parat gelegt hatte. Vorn wieder raus zu kommen war aussichtslos. Ich habe aber einen Notausgang gefunden und mich nach Hause retten können."

„Da siehst du mal. Du bist doch nicht der Looser schlechthin, sonst wärst du immer noch in dem Loch!"

„Aber die Geschichte ist noch nicht zu Ende. Nachdem ich mich wieder berappelt hatte und mitbekommen hatte, dass du offiziell bei dem Unglück umgekommen bist, habe ich gedacht, ich schlüpfe noch einmal in deine Rolle und sichere mir dein Haus und das Auto."

Danielo lachte. „Du meinst mein Zebra?"

„Genau. Das musst du mir bei Gelegenheit auch erzählen, warum du so auf Zebras standst! Ich habe Jedenfalls versucht, bei dem Chinesen noch was raus zu holen. Da hat er mir Papiere gegeben und gesagt, dass ich mich mit denen als deinen Bruder ausgeben und mir deine Sachen nehmen könnte."

„Und dann musstest du feststellen, dass er dich reingelegt hat und dir zuvor gekommen ist."

„Genau das. Ich hatte so einen Hals", sagte Ricardo und hielt die Hände weit aus einander.

„Und jetzt?", fragte Danielo.

Ricardo schaute auf die Uhr.

„Jetzt wird's Zeit!"

28

Danielo wusste nicht so recht, was Ricardo mit seinem letzten Satz gemeint hatte.

„Was meinst du damit?", fragte er.

„Ich meine, du solltest zusehen, dass du schnell hier wegkommst", sagte Ricardo.

„Wieso?"

„Morgen früh stehen die Bullen bei dir am Bett!"

Danielo war erstaunt.

„Sind die doch schon so weit?"

„Ich habe eben die Kommissare belauscht. Das sind so richtig clevere Agententypen, sage ich dir. Die hätten mich wahrscheinlich nicht mal bemerkt, wenn ich neben ihnen gestanden hätte!"

Danielo wollte schon eine Bemerkung über clevere Agenten machen, aber er ließ es lieber.

„Wieso kannst du eigentlich so gut Deutsch, dass du verstanden hast, was die beiden sich erzählt haben?", fragte er. „Du warst doch nie auf der höheren Schule wie ich!"

„Ganz einfach", sagte Ricardo. „Ich hatte im Betrieb einen Kollegen aus Südtirol; der sprach besser Deutsch als Italienisch. Der hat von mir Nachhilfe in Italienisch bekommen und ich habe Deutsch von ihm gelernt. Und dann ist da ja auch noch Elena."

„Wer ist Elena?", fragte Danielo.

„Das ist die junge Frau aus dem Hotel, von der ich eben sprach. Elena arbeitet bei uns an der Rezeption und hilft manchmal als Bedienung aus. Sie kann ganz gut Deutsch. Das ist bei uns aber auch nötig, weil wir viele Gäste aus Deutschland haben. Sie hat mir auch geholfen."

„Dann kein Wunder, dass du einiges verstanden hast."

Ricardo grinste breit.

„Genau. Es ist doch ab und zu hilfreich, wenn man was kann!"

„Und wie kam es dazu, dass du in der Nähe warst?", wollte Danielo wissen.

„Ich wusste, dass du hier wohnst, aber ich konnte im Dunkeln keine Hausnummern sehen. Ich war zuerst bei deinem Nachbarn und hatte mich hinter dem Gartenhäuschen versteckt, als die Beiden kamen. Sie sind nicht ins Haus gegangen, sondern haben sich an dem Häuschen hingesetzt, weil sie dachten, dass im Haus einer mithören könnte."
‚Hat Benno Michael doch was gesagt?', dachte Danielo.
„Das war ja wohl ein Schuss ins Knie", sagte er.
„Absolut. Die sind echt Profis", sagte Ricardo spöttisch. „Als ich mich ein wenig zur Seite bewegt habe, um besser zu hören, was sie reden, hat das Laub ein wenig geraschelt. Michael hat Torben dann gesagt, dass das die Rehe sind."
Danielo lachte.
„Du als kleines freches Reh; das muss ich mir merken!"
„Jedenfalls haben die Jungs von der Kripo herausbekommen, dass das meiste Falschgeld hier aus Pölsch kommt."
Ricardo erzählte seinem Bruder die Geschichte mit dem Jungen aus dem Fernsehen, die er eben von Torben gehört hatte.
„Und sie haben dann messerscharf den Schluss gezogen, dass ich hinter den Blüten stecke. Stimmt's?"
„Das haben die beiden so gedacht. Ist das denn wahr? Du musst eigentlich doch so viel Geld haben, dass du das mit dem Falschgeld gar nicht nötig hast."
„Haben wär' schön. Hatte ist leider die Realität."
„Wie das? Erzähl!"
„Ich hatte die Maschine, die wir im Labor in Senigallia entwickelt hatten, nachgebaut, eigentlich nur, weil mich die Technik so fasziniert hat. Viel Geld gekostet hat das auch nicht. Das schwierigste bei dem Projekt war, die Maschine richtig einzustellen. Als ich das wieder so hinbekommen habe, wie damals in Senigallia, habe ich auch ein paar Geldscheine gemacht, aber nur um auszuprobieren, ob man das wirklich perfekt hinbekommt."
„Aber dann hast du die Scheine offensichtlich doch gebraucht."
„Ja, leider. Das kam so:
Ich hatte in Senigallia ein Mehrfamilienhaus, das von einer Immobilienfirma verwaltet wurde. Das habe ich behalten, als

ich hierher gezogen bin. Ein Immobilienmakler hat sich um alles gekümmert und mir jeden Monat 4000 Euro überwiesen. Also die Mieteinnahmen abzüglich der Nebenkosten und seiner Beteiligung. Vor ein paar Monaten blieb das Geld auf einmal aus. Ich habe eine Rechtsanwaltskanzlei eingeschaltet, unter falschem Namen natürlich. Der hat der Makler mitgeteilt, dass der Eigentümer verstorben sei und das Objekt, wie vertraglich festgelegt, jetzt ihm gehört."
„Dreist! Darf ich raten, wie die Immobilienfirma heißt?"
„Sprich!"
„casa onorata?"
„Bingo!"
„Mit denen hatte ich auch schon zu tun. Ich glaube, dass bei denen der Name Programm ist, wie man sagt. Da steckt mit Sicherheit die 'ehrenwerte Gesellschaft' hinter."
„Mag sein. Jedenfalls muss ich ja von etwas leben. Ich habe dann meine Gelddruckmaschine öfter mal angeschmissen."

Eine Zeit lang sagten beide gar nichts. Jeder hatte so seine eigenen Gedanken im Kopf.

„Und wie soll es jetzt weitergehen?", fragte Ricardo.
„Ich werde mich wieder aus dem Staub machen. Ist alles schon vorbereitet. Ich habe mir vor ein paar Monaten ein Mehrfamilienhaus in der italienischen Schweiz gekauft und darin eine Wohnung als Ferienwohnung eingerichtet. Ich war auf die Idee gekommen, im Winter einmal Skilanglauf zu machen. Weil ich keine Lust auf die Fahrerei hatte, und mit meiner Maschine auch probiert habe, Schweizer Franken nachzumachen, konnte ich mit das leisten. Und in der Schweiz fragt selten einer danach, wo man sein Geld her hat. Außer wenn man bei der Fifa ist."
Ricardo lachte.
„Schön dass du auch Schweizer Franken kannst", sagte er.
„Nicht nur das", sagte Danielo. „Ich habe mir auch neue Papiere gemacht. Meine Maschine habe ich schon rüber geschafft. Ich

brauche nur noch ein paar Sachen einzupacken, dann kann's losgehen."

„Und was soll ich machen?", fragte Ricardo.

„Du kannst doch zurück nach Senigallia. Du hast da ein eigenes Häuschen, einen Job, eigentlich alles, was du brauchst!"

„Und einen reichen Bruder in der Schweiz."

„Den es eigentlich aber gar nicht gibt, weil er tot ist."

„Aber weil es ihn doch gibt, könnte der doch seinen armen Bruder in Italien ein bisschen unterstützen, oder?"

Danielo lachte.

„Willst du, dass ich jetzt doch auf den Auslöser drücke? Spaß beiseite. Ich habe in Senigallia noch eine Rechnung offen. Du weißt, was ich meine."

„Die casa onorata, nehme ich an. Aber was willst du gegen die machen? Die schicken dich schneller auf den Friedhof, als dir lieb ist."

„Ich habe, als ich deine Geschichte mit dem Kino-Alibi hörte, eine Idee gehabt. Überleg doch mal: Was passiert, wenn du dich hinstellt und diesen Makler einfach abknallst?"

„Dann lande ich im Knast wegen Mordes. Oder meinst du, dass der Richter mir mildernde Umstände gibt, nur weil das Opfer vielleicht ein Mafioso ist?"

„Das ist klar. Aber was, wenn du das gar nicht gewesen sein kannst, weil du zufällig zum Tatzeitpunkt auf einer Überwachungskamera zu sehen bist oder es ein Foto aus einem Blitzer gibt?"

„Du hast Recht. Dann steht zwar im Zweifelsfall wieder Aussage gegen Aussage, aber ich hätte auf jeden Fall die besseren Karten!"

„Im Prinzip könnten wir uns zu zweit alles erlauben - solange keiner weiß, dass es uns doppelt gibt."

„Wir müssten uns nur immer gut absprechen, wenn wir krumme Sachen vorhaben. Aber das haben wir bestimmt nicht alle Tage."

„Das mit dem Abknallen ist aber, glaube ich, doch keine gute Idee. Du musst dann immer am Tatort sein, und das geht irgendwann mit Sicherheit schief."

„Du willst doch nicht mit deiner Spielzeugpistole auf Mafiosi schießen, oder? Da wüsste ich eine andere Methode, wo du sogar weit weg sein kannst, Hauptsache du hast freie Schussbahn!"
Ricardo schaute seinen Bruder erstaunt an.
„Na gut, du bist Physiker, ich nicht."

Ein paar Minuten später stand der Plan.

Danielo zeigte seinem Bruder eine Maschine, die noch in seiner Werkstatt stand.
„Das ist ein Vorläufermodell. Kann eigentlich auch alles, aber die neue Maschine, die jetzt in der Schweiz ist, ist noch einen Tick besser. Darum fällt es mir nicht allzu schwer, sie zu opfern."
Er ließ seinen Computer etwas berechnen, stellte die Maschine entsprechend ein und programmierte sie so, dass sie um vier Uhr loslegen würde.
„Jetzt brauche ich nur noch ein bisschen organisches Material, damit auch das Aroma passt."
„Du denkst doch nicht etwa wieder an mich?"
Danielo lachte.
„Keine Sorge!"
„Pass auf", sagte Ricardo, „ich habe im Wald auf dem Weg hierher ein totes Reh gesehen. Geht das auch?"
„Klar! Hat der Michael etwa Giftköder ausgestreut oder meinst du, das Reh ist einfach so umgefallen?"
„Vielleicht war es ja auch der böse Wolf!"
Die Brüder schleppten das Reh heran und legten es neben der Maschine ab.
„Moment noch", sagte Danielo und zog den Ring von seiner linken Hand.
„Den habe ich mir zugelegt, weil ich ihn schön fand und als Erinnerung an meine Barbara."
„Wer war Barbara?", fragte Ricardo.
„Meine Verlobte; die war im Bunker, als das Unglück passierte."
„Hast du denn deinen Ring von damals nicht mehr?"

„Den musste ich opfern, damit alle denken, dass ich auch da drin war. Aber das hattest du ja verhindert."

Ricardo fiel ein, dass er immer noch nicht wusste, wer denn damals in dem Streifenwagen gesessen hatte, als ihn die angeblichen Carabinieri angehalten hatten.
„Ich frage mich bis heute, wen ich damals für dich gehalten habe. Wir waren doch nicht etwa Drillinge?"
„Nein, das glaube ich nicht. Du hast doch erzählt, dass dieser Ho von einem befreundeten Geheimdienst gesprochen hat, von dem sie von unserem Projekt erfahren haben. Vielleicht hatten die ihre Finger im Spiel? Wenn das die Russen waren, konnten die doch eher einen ihrer Leute so maskieren, dass er wie ich aussah, als die Chinesen."
„Meinst du, die wollten auf Nummer sicher gehen und haben den Chinesen die Operation nicht wirklich zugetraut?"
„Möglich! Jedenfalls habe ich von den Beamten am Bunker erfahren, dass sie noch meinen Ring suchen und ihn heimlich hingebracht."
„Verstehe. Die sollten ja glauben, dass du auch nicht mehr lebst."

Danielo steckte den Ring dem Reh an eine Pfote.
„Der ist auch wieder aus Titan", erklärte er Ricardo. „Den werden sie auf jeden Fall finden."
„Und alles andere willst du hier lassen?"
„Nicht alles! Komm mit rüber."
Sie gingen ins Haus.
„Nett hast du's hier", sagte Ricardo. „Ich meine 'hattest'."
Danielo war ins Wohnzimmer gegangen.
Auch da hing ein Hirschgeweih an der Wand, aber kein Gewehr, wie Ricardo beruhigt feststellte. Danielo machte kurz etwas an dem Geweih, dann klappte er ein Stück der Wandverkleidung zur Seite und ein Tresor war zu sehen.
„Das ist ja auch wieder wie in einem James-Bond-Film", sagte Ricardo überrascht.
Danielo lächelte und nahm ein Bündel 50-Euro-Scheine heraus.

„Hier, für dich", sagte er und gab es seinem Bruder. „Aber nicht alles auf einmal ausgeben!"
Dann nahm er noch ein Bündel Schweizer Franken heraus.
„Für unterwegs", sagte er, steckte es in die Tasche und prüfte, ob der Tresor jetzt leer war.
Nachdem Danielo den Tresor wieder geschlossen hatte und alles wieder an seinem Platz war, nahm er ein Blatt Papier und einen Stift und sie gingen wieder in die Küche.
„Setz dich", sagte er.
Er schrieb ein paar Sätze auf das Blatt und sagte: „Mein Testament für die Kripo. Die sollen ja meinen, dass ich gleich im Jenseits bin."
Dann legte Danielo noch ein paar Geldscheine auf den Tisch und schrieb unten auf sein Testament:
„Für die Beerdigung."

Sie machten alle Lampen aus und gingen vor die Tür.
„Abschließen sollte ich noch", sagte Danielo. „Und mein Auto muss ich hier stehen lassen. Wie bist du hergekommen?"
„Mit meinem Auto. Ich habe drüben am Bach geparkt, an der schmalen Straße, die da vorbeigeht."
„Das ist ja nicht weit", sagte Danielo und sie gingen los.

29

Michael hatte noch eine Zeit lang Danielos Haus im Auge behalten. Aus der Entfernung hatte er beobachtet, dass das Licht in der alten Scheune, wo Danielo seine Werkstatt hatte, inzwischen ausgeschaltet worden war. Für ein paar Minuten war im Haupthaus Licht gewesen, dann war auch das ausgegangen. Danach war Michael ins Bett gegangen. Maria schlief schon.

Michael hatte Mühe einzuschlafen. Insgeheim hoffte er, dass sich Torben geirrt hatte.

Danielo war doch ein feiner Kerl. Irgendwie passte das mit dem Falschgeld nicht zu ihm. Oder war er voreingenommen?

Hatte Danielo sie wirklich alle ausgetrickst und war in Wirklichkeit ein Verbrecher?

Gegen vier Uhr wurde Michael wieder wach. Er stand vorsichtig auf, um Maria nicht zu wecken, und ging ans Fenster. Jetzt, wo es stockdunkel draußen war und bei Danielo kein Licht brannte, konnte er das Haus gar nicht sehen.

‚Bald wissen wir, was los ist', dachte Michael.

Plötzlich war in der Scheune ein grelles Licht zu sehen, und kurz darauf stand das Dach in Flammen. Die Wände glühten regelrecht, und es dauerte nur wenige Sekunden, dann brach die Scheune in sich zusammen.

Michael hatte schnell das Telefon in der Hand, um die Feuerwehr zu informieren.

Es dauerte eine gefühlte Ewigkeit, bis endlich der Löschwagen an seinem Haus vorbei raste.

Maria und Benno schliefen fest. Michael hatte keine Explosion gehört, und das Feuer war schnell wieder erloschen.

Inzwischen hatte Michael auch Torben aus dem Schlaf geholt.

„Ich glaube, wir können den Zugriff um sechs abhaken", sagte er.

„Was ist denn los?", fragte Torben noch etwas verschlafen.

„Die Scheune, wo Danielo seine Werkstatt hatte, ist abgebrannt. Ich ziehe mich an, gehe rüber und schaue, was da los war."

„Ist in Ordnung", sagte Torben, „ich komme auch sofort."

Als Torben an Danielos Haus ankam, hatte Michael schon die Ermittlungen aufgenommen.

„Da drüben stand die Scheune, in der die Werkstatt war", sagte Michael und zeigte dahin, wo noch vor ein paar Stunden die Scheune gestanden hatte. Nur noch Reste der Fundamente waren zu sehen und eine Schicht aus Staub und Asche, die den Boden bedeckte.

„Warst du schon im Haus?", fragte Torben.

„Nein. Ich dachte, ich warte, bis du hier bist, und wir gehen zusammen rein."

Entweder war Danielo nicht im Haus, oder er hatte von der ganzen Sache nicht mitbekommen.

„Warten wir auf die Spurensicherung, oder sollen wir rein gehen?", fragte Michael den Kollegen.

„Das ist ja euer Fall; du musst entscheiden, was wir tun."

Torben wollte nicht warten.

„Ich glaube, das dauert noch, bis die anderen hier sind. Komm, wir sehen mal nach, was da los ist."

Er holte ein Werkzeug aus der Tasche, und kurz darauf standen sie im Flur im Erdgeschoss.

Torben gab Michael ein Zeichen, und dieser machte sich leise auf den Weg ins Obergeschoß.

Er war schon fast oben, da rief Torben von unten:

„Ich glaube, du kannst dir den Weg sparen."

Michael lief die Treppe wieder runter und ging in die Küche, wo Torben auf ihn wartete.

„Schau hier", sagte er und hielt ein Blatt Papier hoch. „Er hat einen Abschiedsbrief hinterlassen."

Torben hatte inzwischen das Licht angeschaltet und las vor:

„Ich will Abschied nehmen.
Eigentlich wollte ich hier ein neues Leben anfangen, aber die Realität hat mich eingeholt. Seit gestern habe ich Gewissheit. Der Krebs wird mich bald besiegt haben.
Ich habe hier Freunde gefunden, aber ich habe sie belogen.
Nicht nur über meine Vergangenheit, auch was die Sache mit dem Falschgeld angeht.
Aber das hat die Kripo ja schon herausgefunden.
Ich gehe gleich zum letzten Mal in meine Werkstatt.
Ich habe eine außergewöhnliche Maschine gebaut. Aber ich werde sie vernichten. Noch hat sie kein Unheil angestellt, aber ich weiß, dass man mit ihr Dinge tun könnte, die sich ein normaler Mensch kaum vorstellen kann.
Wenn ihr meine Asche von dem restlichen Dreck trennen könnt, den ich gleich mache, könnt ihr mich in eine Urne stecken und vergraben.
Das Geld sollte für eine einfache Beerdigung und ein Kreuz reichen. Vielleicht bleibt auch noch was für eine Grableuchte und ein paar Kerzen übrig.“

Torben unterbrach und zeigte auf das Bündel Scheine auf dem Tisch.

„Ich hoffe, Benno ist nicht zu traurig. Vielleicht hilf es ihm, dass ich etwas für ihn hier gelassen habe. Er soll den 3D-Drucker haben, der ihn so fasziniert hat, und die Modellautos. Steht alles im Keller. Auf dem USB-Stick sind ein passendes Programm für den Drucker und die Druckanweisungen für ein paar Legosteine.
Wenn der 'Papst' uns nicht alle belogen hat, sehen wir uns irgendwann wieder.“

Die beiden Kommissare saßen still da.
Sie merkten nicht, dass ein Feuerwehrmann ins Haus gekommen war. Erst als er fest an die Küchentür klopfte, blickten sie auf.

„Das Feuer ist ganz aus. Wir haben auch die letzten Glutnester gelöscht. Wenn ihr uns nicht mehr braucht, fahren wir wieder."
Michael nickte und der Feuerwehrmann ging.
„Heftig!", sagte Torben.
Michael sagte nichts, aber er nickte wieder.
Sie saßen noch ein paar Minuten da.

Inzwischen waren die Kollegen vom Spezialkommando angekommen.
Torben reichte dem Truppführer Danielos Abschiedsbrief.
„Lies das", sagte er.
Der Truppführer las aufmerksam durch, was Danielo in seinen letzten Stunden geschrieben hatte.
„Können wir das glauben?", fragte er.
Michael war sich nicht sicher.
Die Tür ging auf. Ein Mann vom Einsatzkommando kam herein.
„Schaut mal was ich gefunden habe", sagte er und hielt einen Ring hoch.
„Wer hat gesagt, dass ihr den Tatort betreten dürft?", fragte der Truppführer zornig. „Da soll doch immer zuerst die Spurensicherung ran!"
„Entschuldigung", sagte der Mann, „ich hatte was glitzern sehen und dachte mir, dass sie das interessiert!"
„Das lernen die nie", sagte der Truppführer zu Torben. Der nahm sich den Ring und hielt ihn ins Licht.
„‚Danielo und ...' - Nein, das ist kein 'und'-Zeichen", sagte er. „Sieht eher wie ein Herz aus!"
„Zeig mal", sagte Michael und nahm den Ring.
„Das ist Danielos Ring. Er sagte mir, dass er den machen ließ, als er frisch verliebt war. Das war wohl noch in Italien. Als das Mädel später nichts mehr von ihm wissen wollte, hat er ihren Namen wieder wegmachen lassen. Sie durfte ihren Ring behalten. Ich habe das nicht verstanden; der Ring ist schließlich aus Platin. Der war bestimmt nicht billig!"
„Dann verstehe ich auch, warum der Ring nicht geschmolzen ist", sagte Torben. „Platin hält weit über 1500° aus. Selbst wenn Mauern abbrennen, bleibt das Zeug immer noch übrig."

Zwei Wochen später wurde der Fall als erledigt abgeschlossen, und die Akte landete im Archiv.
Benno bekam den 3D-Drucker und die Autos, und der Stammtisch hatte neue Themen.

30

In Italien

Michael und Torben saßen auf der Terrasse und gönnten sich einen Roten.
„Weißt du noch, als wir den Fall mit dem Falschgeld hatten?", fragte Torben.
„Klar", meinte Michael, „dass wir Danielo nicht gekriegt haben, weil er sich umgebracht hat, kann ich immer noch nicht fassen. Wir waren so nah dran!"
Torben nahm einen Schluck und sagte:
„Aber er hat Recht gehabt: Schön ist es hier!"

Alfredos Firma war inzwischen nach Rom umgezogen, aber er kam immer wieder gerne hierhin, wenn er ein paar Tage frei hatte. Hier hatte er die ersten Monate seines Berufslebens gewohnt. Er genoss die gute Luft, die Aussicht aufs Meer, die Ruhe…
Viel wichtiger war: Er traf Silvia wieder, die in Senigallia geblieben war und jetzt im Hotel am Empfang arbeitete. Sie hatte gerade Pause, und sie saßen auf der Terrasse bei einem Eis.

Als der Name Danielo fiel, flüsterte er ihr ins Ohr:
„Was sind das für Leute?"
„Benno, das ist der Filius von dem einen, hat mir gestern stolz gesagt, dass sein Vater und sein Freund bei der Kriminalpolizei sind."
„Interessant", antwortete Alfredo. „Ich kann leider nicht alles verstehen, was sie sagen, aber der eine hat eben 'Danielo' gesagt."
„War das nicht dieser Physiker, der in dem Bunker gearbeitet hat?"
„Genau!"

„Weißt du was, ich spiele mal den Dolmetscher für dich", flüsterte sie, legte ihm den Arm um die Schultern und zog seinen Kopf auf ihre Schulter.
„Wie es da aussah! Ich habe heute noch Gänsehaut, wenn ich daran denke. Nix mehr, nur noch ein kleiner Haufen Staub und Asche. Das muss eine höllische Hitze gewesen sein.
Was sagen die Schwarzkittel in der Kirche immer:
‚Aus Staub bist du geworden und zum Staub wirst du zurückkehren', oder so ähnlich."
Michael schüttelte sich.
„Das einzige, was von ihm übrig war, war der teure Platinring."
Alfredo flüsterte Silvia ins Ohr:
„Wie damals unten im Bunker!"

Silvia schaute auf die Uhr.
„Du, jetzt kommen die Gäste alle wieder; es gibt gleich Abendessen. Ich muss wieder an den Empfang. Aber wenn du mich noch brauchst - ich bin noch da und helfe dir gerne."
Sie gab ihm einen Kuss, lächelte freundlich und ging.

Alfredo drehte sich zu den Kommissaren um und fragte:
„Scusi, parla italiano?"
Michael schaute Torben an, dann sagte er: „Poco!"

„Papa", rief Benno, der vom Pool angelaufen kam.
„Ich habe beim Kickern gegen Mama gewonnen!"
Maria kam gleich hinterher und zwinkerte Michael zu.
„Benno war heute richtig stark", sagte sie.
„Du kannst doch Italienisch", sagte Michael zu ihr.
„Na ja, Volkshochschule, mehr nicht."
„Dann sprich doch mal mit dem jungen Mann da; ich glaube, der will uns was erzählen."
Maria unterhielt sich kurz mit Alfredo, dann bedankte sie sich bei ihm und setzte sich zu ihrem Mann.
„Er sagt, dass er so halb mitgekommen hat, was ihr gesagt habt. Aber als du 'Danielo' gesagt hast, ist er aufmerksam geworden.

Seine Freundin hat ihm dann ins Ohr geflüstert, was ihr erzählt habt. Jetzt kommt's:

Es hat hier vor ein paar Jahren einen schweren Unfall gegeben. Eine Druckerfirma ist damals abgebrannt. In dieser Druckerfirma sind von den Beschäftigten auch nur Staub und Asche und zwei Platinringe übrig geblieben. Und jetzt halt sich fest: Einen Danielo gab es da auch!"

Michael und Torben schauten sich an.

„Warte mal", sagte Michael.

„Ich habe doch mal ein Gruppenfoto von unserem Stammtisch gemacht. Vielleicht habe ich das noch!"

Er nahm sein Smartphone und ging die Bildergalerie durch.

„Bingo!", sagte er und zeigte Alfredo das Foto.

„Danielo?", fragte er.

„Danielo!", antwortete Alfredo erstaunt.

„Hast du die Akte noch?", fragte Michael seinen Kollegen.

„Klar. Sie ist zwar schon im Keller, im Archiv. Aber wir haben die Akte auf jeden Fall noch."

„Das ist gut", sagte Michael, „ich glaube, die brauchen wir noch!"

Einige Personen

Name	Beschreibung / Bedeutung der ital. Nachnamen

Mitarbeiter der Softwarefirma in Italien

Alfredo Arrivato	Der neue Mitarbeiter, (Neuankömmling)
Silvia Dattilografa	Sekretärin, Schreibkraft (umgangsspr. 'Tippse')
Carlo Buonista	Chef, (Gutmensch)

Mitarbeiter im Forschungsinstitut (Bunker) in Italien

Danielo Spettro	extravaganter Physiker (Geist,Schatten)
Barbara Megera	Danielos Verlobte, Kollegin, (umgangsspr. Zicke)
Prof. Carlo Spaccone	Leiter des Instituts, (Angeber, Prahler)

Carabinieri in Senigallia

nn. Caporione	Chef der Carabinieri, (Anführer)
nn. Burattino	Großer Carabiniere, (Hampelmann)
nn. Nanonaso	Kleiner Carabiniere, (Nano=Zwerg +Naso=Nase)
nn. Smemorato	Vergesslicher Carabiniere, (vergesslicher Mensch)

Weitere Personen in Italien

Ricardo Ladro	Zwillingsbruder von Danielo Spettro, (Dieb)
nn. Profano	Pfarrer, (Weltlicher)
Mario und Francesco nn.	Junge „Höhlenforscher"
Elena nn.	Frau am Empfang im Hotel in Scapezzano
nn. Pala	Chef der Baumaschinenfirma, (Schaufel)
Giuseppe nn.	Baggerführer
nn. Ho	Chinese / Hochrangiger Geheimdienstler
	Ho ist in Ostasien ein 'Nichtname' wie der Name 'Mustermann' in Deutschland

Polizei in Deutschland

Michael Stammel	Kommissar in Koblenz / Stammtisch: 'Derrick'
Torsten Grätzer	Kommissar in Trier / Freund von Michael

Stammtischler in Rutsch (Spitzname)

Otto Hammer	Dorflehrer / Stammtisch: 'Ober'
Johannes (Paul) Müller	Pfarrer / Stammtisch: 'Papst'
Anton Gruber	Schreiner/ Stammtisch: Latte
Stefan Kuckkorn	Bestatter/Stammtisch: Kiste
Tobias Meier	Arzt in Pölsch/Stammtisch: Elsenbarth
u.a.	

Weitere Personen in Deutschland

Maria und Benno Stammel	Frau und Sohn von Michael Stammel